D1076957

MA SŒUR EST UNE

VAMPIRE

JOUR DE CHANCE

MA SŒUR EST UNE VAMPIRE

7

JOUR DE CHANCE

Sienna Mercer

Traduit de l'anglais par
Patricia Guekjian

Remerciements spéciaux à Sara O'Connor

Copyright © 2011 Working Partners Limited
Titre original anglais : My Sister the Vampire, Book Seven: Lucky Break
Copyright © 2013 Éditions AdA Inc. pour la traduction française
Cette publication est publiée en accord avec Working Partners Limited.

Éditeur : François Doucet
Traduction : Patricia Guekjian
Révision linguistique : Féminin pluriel
Correction d'épreuves : Nancy Coulombe, Katherine Lacombe
Montage de la couverture : Sylvie Valois
Illustration de la couverture : © 2011 Paige Pooler
Conception de la couverture : Joel Tippie
Mise en pages : Sylvie Valois
ISBN papier 978-2-89733-153-5
ISBN PDF numérique 978-2-89733-154-2
ISBN ePub : 978-2-89733-155-9
Première impression : 2013
Dépôt légal : 2013
Bibliothèque et Archives nationales du Québec
Bibliothèque Nationale du Canada

Éditions AdA Inc.
1385, boul. Lionel-Boulet
Varennes, Québec, Canada, J3X 1P7
Téléphone : 450-929-0296
Télécopieur : 450-929-0220
www.ada-inc.com
info@ada-inc.com

Diffusion
Canada :   Éditions AdA Inc.
France :   D.G. Diffusion
              Z.I. des Bogues
              31750 Escalquens — France
              Téléphone : 05.61.00.09.99
Suisse :   Transat — 23.42.77.40
Belgique :   D.G. Diffusion — 05.61.00.09.99

Imprimé au Canada

SODEC

Participation de la SODEC.
Nous reconnaissons l'aide financière du gouvernement du Canada par l'entremise du Fonds du Livre du Canada (FLC) pour nos activités d'édition.
Gouvernement du Québec — Programme de crédit d'impôt pour l'édition de livres — Gestion SODEC.

Catalogage avant publication de Bibliothèque et Archives nationales du Québec et Bibliothèque et Archives Canada

Mercer, Sienna
    [Lucky Break. Français]
    Jour de chance
    (Ma sœur est une vampire ; 7)
    Traduction de : Lucky Break.
    Pour les jeunes de 8 ans set plus.
    ISBN 978-2-89733-153-5
    I. Guekjian, Patricia. II. Titre. III. Titre : Lucky Break. Français. IV. Collection :
Mercer, Sienna. Ma sœur est une vampire ; 7.

PS8626.E745L8214 2013   jC813'.6   C2013-941155-0
PS9626.E745L8214 2013

Pour tous les pingouins loufoques chez WP :
jadis, maintenant, à l'avenir.

CHAPITRE 1

Olivia sourit ; les crocus lilas dans les plates-bandes longeant le trottoir étaient exactement de la même couleur que sa minijupe. Franklin Grove commençait enfin à se libérer de son manteau blanc et ça sentait bon le printemps.

Sa jumelle, qui portait de grosses bottes lourdes, semblait plus intéressée à marcher en équilibre sur la ligne de goudron noir qui passait entre les blocs de ciment qu'à regarder les fleurs.

— Où nous amène-t-il ? chuchota Olivia à sa sœur.

Monsieur Vega, leur père biologique, marchait à grands pas devant elles, comme s'il était pourchassé par un chasseur de vampires. Il leur avait demandé de passer un autre après-midi en bio-famille, mais ne leur avait pas mentionné la raison de cette requête.

— Un endroit sombre et silencieux, j'espère, chuchota Ivy à Olivia en cachant ses yeux largement maquillés de sa main pâle. Tout ce soleil me donne mal à la tête.

— Ne fais pas ton ermite, Ivy, la taquina Olivia.

Malgré le fait qu'elles étaient totalement différentes, Olivia aimait énormément sa jumelle gothique.

— Venez, les filles, dit monsieur Vega.

Son veston noir claquait au vent tandis qu'il leur faisait signe de se dépêcher.

— Notre table chez Monsieur Smoothie est réservée pour midi tapant.

Ivy trébucha et ses longs cheveux s'emmêlèrent dans tous les sens.

— Quoi?

Olivia était tout aussi surprise que sa jumelle.

— Mais, la dernière fois…

La dernière fois, monsieur Vega avait accidentellement commandé l'un des smoothies servis avec un tour de chant exécuté par tous les employés et les clients du restaurant, ce qui ne dérangeait pas Olivia, mais qui représentait le pire cauchemar de tout vampire qui se respecte et qui avait grandement humilié son père.

— Oh, ce n'était pas si horrible que ça, dit monsieur Vega en se raclant la gorge et en détournant le regard.

— Alerte aux zombies ! cria Ivy en faisant mine d'avoir peur. Les zombies ont envahi la ville !

— Ne sois pas ridicule, Ivy, dit monsieur Vega.

— Tu dois être un zombie, rétorqua-t-elle. Mon père ne retournerait jamais de son plein gré à l'endroit le plus lapin en ville — sans vouloir t'offenser, Olivia.

Olivia n'était pas du tout offensée ; tous les vampires de Franklin Grove, Ivy et monsieur Vega compris, appelaient les non vampires comme elle des « lapins ».

— Ne sois pas ridicule, marmonna monsieur Vega de plus belle. Ce n'était pas si terrible que ça.

« Mais qu'est-ce qui aurait pu le convaincre de retourner chez Monsieur Smoothie ? » se demanda-t-elle.

Il n'y avait peut-être pas de zombies en ville, mais quelque chose clochait assurément. Les deux sœurs se posaient déjà des questions depuis quelques semaines. Au début de l'année, monsieur Vega leur avait dit qu'il partait à Dallas pour un voyage d'affaires, mais Ivy avait vu une étiquette sur sa valise qui disait *LAX — aéroport de Los Angeles*. Olivia n'avait aucune idée de la raison pour laquelle il aurait pu vouloir garder sa véritable destination secrète.

— Toi ! appela une voix.

Olivia leva les yeux et vit une femme vêtue d'un tailleur violet et de longues bottes brunes à talons hauts qui tenait un cellulaire près de son oreille et qui la pointait du doigt.

C'était Amy Teller, l'agente publicitaire de Jackson Caulfield, la vedette de cinéma et petit ami d'Olivia. Amy s'approcha d'eux d'un pas ferme et arrêta monsieur Vega.

— Non, je ne voulais pas dire toi. Je te l'ai déjà dit ! hurla-t-elle dans son téléphone. Jackson Caulfield ne portera pas un costume d'animal.

Elle raccrocha brusquement et désigna de nouveau Olivia du doigt.

— Tu peux m'aider.

La gorge d'Olivia se serra.

— Euh, bien sûr. De quoi avez-vous besoin ?

— J'ai besoin d'un café convenable, dit-elle.

— Je crois que le Bœuf et bonjour sert du café, répondit Olivia.

Elle n'en était pas certaine, car elle avait plutôt l'habitude de boire du jus.

Un pépiement émana alors du sac d'Amy, qui en ressortit un nouveau téléphone, en scruta l'écran, puis le laissa retomber dans son sac, ayant apparemment décidé que cet appel n'en valait pas la peine.

— Mais est-ce qu'ils font des cafés au lait au soja ? demanda-t-elle.

Ivy pouffa de rire.

— J'en doute.

Le Bœuf et bonjour était, en réalité, un établissement d'origine vampirique qui répondait surtout au goût des carnivores. Olivia pouvait y commander une salade correcte, mais le mot *soja* ne figurait certainement pas sur le menu.

Quelque chose se mit à vibrer et Amy sortit un troisième téléphone de son sac.

— Je dois absolument prendre cet appel.

Elle leur tourna le dos et commença à faire les cent pas.

— George, chéri ! couina-t-elle.

— Nous devons y aller, dit monsieur Vega à Olivia. Je, euh, je ne voudrais pas risquer de perdre notre banquette préférée!

Le fait que monsieur Vega essayait de paraître enjoué rendit Olivia encore plus méfiante. Il était plutôt du genre violon mélancolique que trompette joyeuse d'ordinaire, alors il se passait définitivement quelque chose d'étrange.

— D'accord.

Olivia fit signe à Amy de les suivre.

Peu après, ils purent voir l'enseigne néon du Monsieur Smoothie sur laquelle le mot FRUITASTIQUE! clignotait.

Tandis qu'ils traversaient le stationnement, monsieur Vega semblait scruter attentivement les environs alors qu'Amy jacassait en poussant des rires aigus avec son George et qu'Ivy marmonnait encore à propos de ses histoires de zombies.

«On dirait que cette journée devient de plus en plus étrange», se dit Olivia.

— Ciao, chéri, dit Amy avant de se retourner brusquement vers Olivia. C'est de ta faute si je suis coincée dans cette ville minuscule. Ce serait la moindre des choses que tu m'aides à trouver un café qui a du bon sens.

Amy avait raison. Jackson et sa famille voulaient quitter Hollywood et ce dernier les avait convaincus que Franklin Grove était l'endroit idéal où vivre en raison des bonnes écoles et du train de vie tranquille qu'on pouvait y mener.

Cette pensée donna envie à Olivia de sautiller pendant tout le reste du trajet.

— Madame, interrompit monsieur Vega, sachez qu'il y a beaucoup de choses charmantes cachées dans notre petite ville.

— Mais si on ne peut pas les *trouver*, répliqua Amy, comment est-ce que ce ça peut être *charmant* ?

— Pourquoi n'essayeriez-vous pas un smoothie ? suggéra monsieur Vega.

Olivia était abasourdie. Monsieur Vega était devenu porte-parole pour Monsieur Smoothie !

— C'est sans importance, dit Amy. Dites-moi simplement où se trouve Jackson.

Olivia haussa les épaules.

— Je crois qu'il est avec Brendan.

— Et qui est Brendan ?

— C'est mon petit ami, lui répondit Ivy.

Amy plissa les yeux.

— Et que font-ils ?

— Ils doivent flâner, j'imagine, répliqua Olivia.

— Jackson ne flâne pas.

Amy regarda Ivy de haut en bas, en observant longuement ses pantalons cargo noirs et son tee-shirt à motif de tête de mort.

— Si jamais il se transforme en gothique, je ne te le pardonnerai jamais. Il a déjà refusé une série de films à gros budget appelée *Striker*.

— Il a fait ça ?

— Il aurait tourné à Saint-Pétersbourg pendant tout l'été, continua Amy. Mais, au lieu de ça, monsieur préfère passer des auditions pour la pièce de théâtre de l'école, *Roméo et Juliette*. La *pièce de théâtre de l'école !*

Olivia sourit tandis qu'Amy s'éloignait d'un pas lourd, visiblement exaspérée.

— Cette femme a grand besoin de vacances, dit monsieur Vega alors qu'ils ouvraient les portes pour entrer dans le restaurant aux couleurs vives et s'approcher du comptoir.

Olivia savait déjà ce qu'elle voulait, mais Ivy se plongea dans le menu.

— Je suis heureux d'apprendre que votre école présentera *Roméo et Juliette*, dit monsieur Vega.

— Moi aussi, répondit Olivia.

Elle allait passer une audition pour le rôle de Juliette.

— Mais, doucement! Quelle lumière jaillit par cette fenêtre? récita monsieur Vega en posant une main sur son cœur et en désignant un balcon imaginaire de l'autre. J'ai joué le rôle de Roméo une ou deux fois dans ma jeunesse.

— Tu veux dire : «Quelle horreur en néon agresse mes yeux?» dit Ivy.

— Je ne serais jamais aussi impoli, répondit monsieur Vega en souriant.

La fille derrière le comptoir — c'était la même que lors de leur dernière visite, Olivia avait reconnu ses boucles d'oreilles en forme de vaches — semblait déconcertée de voir qu'ils étaient de retour.

— Bienvenue chez Monsieur Smoothie? dit-elle d'un ton qui ressemblait davantage à une question qu'à une affirmation enjouée. Je suis votre mélangeur d'élixir.

— J'aimerais un petit Biscuit et crème, dit Ivy.

— Et je prendrais un mini-mami Ravigotant aux poires, dit Olivia.

Monsieur Vega, lui, examinait encore le menu.

— Pourquoi pas un Twist et…, commença Ivy avec un sourire taquin.

C'était le Twist et cri qui transformait le restaurant en un véritable karaoké.

— Non ! lança monsieur Vega avant de se racler la gorge. Je, je vais plutôt prendre celui-ci.

Il montra du doigt le smoothie Pomme sûre spatiale et la serveuse eut l'air soulagé.

— Je vous fais ça tout de suite ! dit-elle en mettant le mélangeur en marche.

— Ah, Shakespeare…

Monsieur Vega eut l'air nostalgique pendant un moment, puis il saisit une paille orange rangée dans un distributeur en forme de vache.

— En garde ! déclara-t-il en braquant sa petite épée de fortune vers Olivia. Vous savez, les filles, j'ai dû apprendre le combat de scène pour le rôle de Roméo.

Puis, il commença à s'agiter en faisant mine d'attaquer Olivia.

— Hé ! Tu attaques une pauvre fille sans défense ! hurla-t-elle avant de saisir une paille jaune d'une main et une rose de l'autre.

— Ô heureux poignard ! déclara-t-elle.

C'était l'une des répliques de Juliette dans la toute dernière scène de la pièce.

— Touché! répliqua monsieur Vega tandis qu'ils mimaient un duel.

Ils exécutèrent même une scène au ralenti dans laquelle monsieur Vega fit mine de se faire transpercer le cœur.

— Nos visites chez vous sont toujours mouvementées, dit sèchement Ivy lorsque le serveur lui remit les trois smoothies.

Olivia tira la langue en direction de sa sœur et la suivit jusqu'à une banquette, située près de la fenêtre, décorée de petits ballons gonflés à l'hélium et sur lesquels on pouvait lire le mot *Réservé*. Elle était impressionnée de constater à quel point son bio-papa était spontané et détendu.

— Je crois que je vais me présenter aux auditions pour le rôle de Juliette, dit-elle à monsieur Vega.

Elle ne voulait pas l'admettre devant lui, mais elle avait désespérément envie de jouer la Juliette de Jackson.

«Ce serait tellement romantique, songea Olivia, de partager notre premier baiser sur scène dans l'histoire d'amour la plus populaire de tous les temps.»

Olivia n'était pas agacée par le fait qu'ils ne s'étaient pas encore embrassés ; elle croyait fermement qu'il fallait attendre le bon moment, et elle pensait que la pièce pourrait bien être ce moment.

Monsieur Vega s'inclina.

— J'ai bien hâte de te voir depuis la première rangée.

— Euh… super ! répondit Olivia tout en songeant que, si jamais elle obtenait le rôle, elle devrait graisser la patte d'un placeur pour s'assurer que ni l'un ni l'autre de ses pères ne se retrouverait assis dans la première rangée.

Elle ne voulait définitivement pas qu'ils se trouvent aussi près d'elle alors qu'elle embrasserait Jackson.

— Ivy sera la régisseuse, dit-elle pour changer de sujet. Et mon amie Camilla sera la metteure en scène ; elle a même dit qu'elle avait prévu un peu de réécriture.

— Une variante de *Roméo et Juliette* ? demanda monsieur Vega. Je ne suis pas certain que je vais aimer ça.

— Est-ce que quelqu'un a dit *Twist et cri* ? demanda innocemment Ivy.

— Non ! crièrent monsieur Vega et Olivia à l'unisson.

Ivy regardait attentivement son père siroter son smoothie.

« Pourquoi nous a-t-il ramenées ici ? »

— Ton smoothie est bon ? lui demanda-t-elle.

Monsieur Vega lui fit un sourire forcé.

— Ah, c'est terrible.

« Maintenant, je suis CERTAINE qu'il se passe quelque chose, se dit Ivy. Mon père n'utilise jamais le mot « formidable ». Tragique, tortueux, traumatisant oui… mais jamais formidable. »

Elle ne savait toutefois toujours pas comment lui faire cracher le morceau. Peut-être qu'Olivia avait un plan ? Elle donna un petit coup sur le pied de sa sœur et, tandis que leur père regardait distraitement par la fenêtre, cette dernière lui demanda tout bas ce qu'elle lui voulait.

Ivy lui fit un signe à l'aide de ses yeux en direction de leur père, mais Olivia sembla perplexe. Ivy remua la tête plus vigoureusement, mais Olivia ne fit qu'hausser les épaules ; elle ne comprenait visiblement pas ce qui se passait.

«Faut croire que l'intuition des jumelles est un mythe», se dit Ivy.

— Hé, commença-t-elle.

— Eh bien, dit Olivia au même moment.

— Les filles…, renchérit monsieur Vega

— Vas-y en premier, dirent les deux sœurs à l'unisson.

Monsieur Vega soupira.

— J'ai quelque chose à vous dire.

«Et voilà, se dit Ivy. Au moins, je n'aurai pas eu à le torturer pour connaître la vérité.»

— Vous souvenez-vous du voyage d'affaires que j'ai fait à Dallas?

Olivia hocha la tête en faisant mine de ne rien savoir.

Ivy, quant à elle, lança :

— Tu n'es pas allé à Dallas.

Monsieur Vega était sur le point de prendre une gorgée de sa boisson, mais elle lui glissa entre les doigts et il la rattrapa de justesse avant qu'elle ne se renverse partout sur la table. Il déposa délicatement son verre et fixa Ivy du regard.

— Comment l'as-tu su ?

— J'ai vu l'étiquette sur ta valise, avoua-t-elle. Elle disait LAX.

Il hocha la tête.

— C'est exact. Je suis allé à Los Angeles.

Olivia était soulagée que son bio-papa leur dise enfin la vérité.

— Mais pour quelle raison es-tu allé à l'un des endroits les plus ensoleillés de toute la planète? demanda Ivy.

Tout ça n'avait aucun sens. Le voyage secret à Los Angeles de son père, toute cette conversation et ces rires détendus, le fait d'avoir suggéré de venir ici. Ivy préférait de loin le papa qui posait d'épais rideaux en velours aux fenêtres de sa maison pour la garder fraîche et sombre.

— J'étais en mission, dit-il. Je sais à quel point la famille est importante pour vous deux.

Ivy regarda sa sœur ; elles s'étaient rencontrées au début de l'année scolaire et avaient mis un temps fou à découvrir l'identité de leurs vrais parents. Lorsqu'elles avaient découvert que le père adoptif d'Ivy était en fait leur vrai père à toutes les deux, elles l'avaient convaincu de les amener faire un voyage en Transylvanie afin de rencontrer leur royale famille de vampires. Cela avait été extraordinaire pour elles de rencontrer leurs grands-parents, le comte et la comtesse Lazar.

— Rejoindre votre famille… transyl-vanienne… a été relativement facile…

Les trois venaient de passer une semaine au magnifique manoir de leurs grand-parents. Monsieur Vega reprit :

— …mais je trouvais qu'il était tout aussi important de reprendre contact avec votre autre famille.

Olivia en eut le souffle coupé.

— Celle de notre mère ?

Ivy était sous le choc. Tout ce qu'elle avait jamais su à propos de la famille de sa mère était le fait qu'elle se trouvait dans un endroit peuplé de grands arbres nommé Owl Creek. Elle avait toujours voulu en savoir plus, mais son père le lui avait tou-jours refusé.

— Est-ce que c'est pour ça que tu t'es rendu à Los Angeles ? Je ne te suis pas. Je ne savais pas que notre mère avait de la famille là-bas, dit Ivy.

— Elle n'en a pas, répondit une voix de femme qui les fit sursauter tous trois.

Ivy leva les yeux et vit un visage qui lui était étrangement familier, celui d'une femme d'environ le même âge que son père avec de douces boucles brunes et de grands yeux bleus. Elle était mince et portait des jeans délavés et un chandail ajusté à carreaux rouges.

«On dirait qu'elle arrive directement de la ferme, se dit Ivy. Mais pourquoi est-ce que j'ai l'impression de l'avoir déjà vue?»

Son père se leva abruptement en faisant tomber le support à serviettes orange qui se trouvait sur la table.

— Je suis très heureux que tu sois venue.

La femme ne fit aucun geste pour lui serrer la main, mais se contenta plutôt de fixer Ivy et Olivia.

— Mais tu es un peu d'avance, lui chuchota-t-il.

— Mais voyons, Charlie, dit-elle à voix haute en regardant sa montre. Sept minutes, ce n'est pas ce que j'appelle être d'avance!

«Charlie!?» se dit Ivy.

Personne n'appelait son père Charlie, c'est-à-dire qu'il ne permettait à personne de le faire. «Pourquoi ne l'a-t-il pas corrigée?»

Le rouge lui était monté aux joues et Ivy pouvait voir qu'il se retenait de dire quelque chose.

— Et puis, continua-t-elle de sa douce voix et traînante du sud, je n'allais tout de même pas attendre dans la rue. Il y a une folle qui hurle dans son cellulaire là devant.

— J'allais justement parler de toi aux filles, dit monsieur Vega en remettant maladroitement les serviettes dans le support. Si seulement tu m'avais laissé un peu plus de temps…

— Eh bien, maintenant, tu n'as plus à le faire ! rétorqua la femme d'un ton enjoué. Elles peuvent me voir d'elles-mêmes.

Elle sourit, mais son sourire ne se rendit pas jusqu'à ses yeux — elle semblait un peu nerveuse.

Olivia avait l'impression d'avoir été forcée à se joindre à une équipe de meneuses de claques rivale dont elle ne connaissait aucune routine.

« Mais qu'est-ce qui se passe ? »

Ivy avait déjà eu ce drôle de sentiment auparavant, lorsqu'elle était tombée face à face avec sa jumelle pour la toute première fois.

Monsieur Vega se retourna vers ses filles.

— J'aurais voulu mieux vous préparer pour ce moment, mais, puisqu'elle est déjà ici… Les filles, j'aimerais vous présenter votre tante Rebecca.

Ivy comprit enfin. Si cette femme lui semblait si familière, c'est parce qu'elle ressemblait à sa mère comme deux gouttes d'eau.

Olivia eut le souffle coupé pendant un instant.

— Tu es la sœur de notre mère.

— Pas seulement sa sœur.

Rebecca fit une pause et regarda attentivement Ivy et Olivia.

— Je suis sa jumelle.

CHAPITRE 2

Tante Rebecca adressa un sourire chaleureux aux filles.

— Vous deux êtes le portrait craché de votre mère.

Elle paraissait plus vieille que la photo qu'elles avaient vu et ses cheveux étaient coiffés différemment, mais il n'y avait aucun doute possible : Rebecca ressemblait à leur mère comme deux gouttes d'eau — le même sourire taquin, le même menton ovale.

Ivy était tellement surprise qu'elle en resta bouche bée.

— Je ne savais pas qu'elle avait une jumelle, dit Olivia en serrant la main d'Ivy sous la table.

Quelques mois auparavant, lorsqu'Ivy avait appris que leur mère était morte en leur donnant naissance, la nouvelle lui avait laissé un sentiment de vide, comme s'il lui manquait quelque chose à l'intérieur. Tante Rebecca était donc ce qui se rapprochait le plus de sa mère, surtout maintenant qu'elle savait qu'elle était sa jumelle.

Ivy serra la main d'Olivia en retour.

— J'aurais aimé que vous sachiez que j'existais, dit tante Rebecca en lançant un regard entendu à leur père. Et j'aurais aimé savoir que vous existiez aussi.

« Oh, oh. »

Ivy se rendit compte qu'il y avait une certaine tension entre les deux adultes.

« Ça doit être pour ça qu'il nous a amenées chez Monsieur Smoothie, se dit-elle, à cause de la première Loi de la nuit. »

Aucun humain ne devait savoir que les vampires existaient — Olivia était l'une des rares exceptions — et monsieur Vega devait tout faire pour que Rebecca n'ait aucune idée de sa véritable identité. Il était effectivement difficile de faire moins vampire que des néons et des distributeurs de pailles en forme de vaches.

Ivy supposa aussi que c'était pour cette même raison que monsieur Vega ne lui avait jamais parlé d'elle et de sa sœur ni de leur séparation.

Ivy les interrompit pour faire baisser la tension.

— Eh bien, je suis contente de te rencontrer enfin.

Monsieur Vega commença à s'expliquer :

— Je savais qu'elle avait déjà habité à Los Angeles, mais...

— Mais j'ai déménagé il y a des années, l'interrompit Rebecca. Maintenant, est-ce que je peux vous faire un câlin ?

Ivy fit signe que oui et sa sœur et elle se levèrent en même temps. Leur tante avait une odeur de paille et de café, et son câlin était pareil à une grosse couette chaude et confortable. Ivy se demanda si les câlins de sa mère auraient eu le même effet sur elle.

— Lorsque j'ai compris que j'étais au mauvais endroit..., commença monsieur Vega.

— Je veux tout savoir sur vous deux, l'interrompit de nouveau Rebecca en s'assoyant près de lui, les yeux brillants. Racontez-moi tout !

— Eh bien, commença Olivia, mes parents et moi — mes parents adoptifs, je veux dire — avons déménagé à Franklin Grove au début de l'année scolaire et, quand j'ai rencontré Ivy, je n'en croyais pas mes yeux.

— J'imagine!

— Nous étions totalement différentes, mais nous nous sommes aimées tout de suite, continua-t-elle. Des fois, c'est bien pratique d'avoir une jumelle.

Les yeux de Rebecca pétillaient de bonheur.

« Je me demande si elle et notre mère échangeaient aussi de place parfois », songea Ivy.

Les échanges étaient assurément l'un des plus grands avantages du fait d'avoir une jumelle.

— Je parie que tu as des histoires géniales à nous raconter à propos de notre mère, dit Ivy.

— Ça, c'est sûr, répondit doucement Rebecca. Et je les échangerai contre 13 ans de vos histoires à vous.

Son regard effleura monsieur Vega, qui s'était croisé les bras et qui fronçait les sourcils.

Ivy voyait bien que Rebecca attaquait leur père et que ce n'était pas juste. Il avait eu de bonnes raisons de faire ce qu'il avait fait ; il croyait que le fait de mêler les humains aux vampires ne pouvait que mener au désastre, et il avait séparé ses filles afin de les protéger. Bien qu'elles ne pourraient jamais expliquer tout cela à leur tante, Ivy et Olivia le comprenaient et Rebecca ne devrait pas juger leur père pour avoir fait du mieux qu'il pouvait.

— Papa, dit Ivy en lui donnant intentionnellement la chance de parler, comment as-tu fait pour retrouver tante Rebecca lorsque tu as découvert qu'elle avait déménagé ?

— Eh bien, je ne pouvais pas abandonner après le premier obstacle, dit-il, visiblement heureux d'avoir la chance de changer de sujet. J'ai posé des questions aux personnes de l'immeuble et un de ses anciens voisins m'a finalement dit qu'elle était retournée vivre à…

— Je suis à Beldrake depuis six ans, dit-elle en prenant le menu des smoothies sans vraiment le regarder. Au ranch où votre mère et moi passions tous nos étés lorsque nous étions petites.

Ivy voyait que son père s'efforçait de ne pas avoir l'air fâché de se faire toujours couper la parole.

« Après tout, se dit-elle, il a fait tout son possible pour retrouver tante Rebecca. »

— Mais Beldrake est tout près d'ici ! s'exclama Olivia. C'est à moins d'une demi-heure de route !

Rebecca hocha la tête.

— Quand j'étais à Los Angeles, je m'ennuyais de la vie avec les chevaux et, lorsque j'ai entendu dire que le ranch était à vendre, je n'ai pas pu résister.

— Est-ce que tu aimerais quelque chose à boire, Rebecca ? demanda monsieur Vega en se levant.

Rebecca lui fit signe que non.

— Dans ce cas, je vais simplement aller nous chercher des biscuits, dit-il en retournant au comptoir d'un pas lourd.

— Même si je n'en avais pas les moyens, il fallait absolument que je l'achète, poursuivit-elle en faisant balancer ses cheveux frisés. Ce ranch signifiait tellement pour votre mère et moi. Son cheval préféré est encore là, vous savez. Il s'appelle Chance.

Olivia semblait si heureuse qu'Ivy se demandait si elle allait se lever d'un bond et entamer une routine de meneuse de claques.

— C'est tellement excitant ! déclara-t-elle.

Ivy, pour sa part, n'était pas aussi enthousiaste. Il faut dire qu'elle n'avait jamais été très douée avec les animaux ; le seul animal de compagnie qu'elle avait eu était un hamster blanc et beige nommé Picot qui passait son temps à s'enfuir. Elle espérait de tout cœur que les chevaux de sa tante n'agiraient pas de la même façon.

Rebecca tapa soudainement dans ses mains.

— Hé, je viens d'avoir la meilleure idée du monde : vous devriez venir passer la fin de semaine prochaine chez moi !

Monsieur Vega, qui revenait vers la table, faillit renverser son plat de biscuits en entendant ces paroles.

— Je croyais que nous allions en discuter, Rebecca. Je n'ai pas encore eu la chance de demander aux filles si elles en avaient envie.

— Eh bien, les filles, commença-t-elle, les yeux pétillants, qu'est-ce que vous en dites ? J'aimerais tellement apprendre à vous connaître et puis, j'ai toujours besoin d'un petit coup de main au ranch.

Ivy se sentait mal vis-à-vis de son père, mais elle voulait vraiment en savoir plus sur sa mère, son enfance et sa tante Rebecca.

— Oh oui, s'il te plaît! dit Olivia. Mais je vais devoir demander à mes parents avant.

— Ça ne me dérangerait pas d'y aller, avoua Ivy.

— D'accord, dit monsieur Vega en s'attendrissant. À condition que vos devoirs soient faits et que ça ne nuise pas à l'audition d'Olivia.

— Oooooh! s'exclama Rebecca avec enthousiasme.

Ivy se demanda si Olivia lui ressemblerait dans quelques années.

— Une audition! Pour quoi?

— J'aimerais décrocher le rôle de Juliette, dit Olivia, un peu gênée de son aveu. Mais les auditions sont ce lundi, alors ça ne me nuira pas le moins du monde!

— Oh, j'adore *Roméo et Juliette*! dit tante Rebecca en tapant dans ses mains. Tu pourras répéter au ranch autant que tu voudras lorsque tu auras le rôle; c'est tellement paisible. Et je m'assurerai que tu aies du temps pour faire tes devoirs. Oh, ça va être tellement génial!

Monsieur Vega soupira tandis qu'Olivia rayonnait de bonheur.

Ivy sursauta lorsque quelqu'un frappa contre la fenêtre, puis elle sourit lorsqu'elle vit que les cheveux noirs et le magnifique sourire qui se trouvaient l'autre côté de la vitre étaient ceux de son petit ami Brendan Daniels. Il loucha et fit un drôle d'air à Ivy, qui lui tira la langue. Puis, il envoya la main à tout le monde autour de la table.

— Qui est-ce? demanda Rebecca en fronçant les sourcils. Est-ce qu'on devrait appeler la sécurité?

— Non, non! dit monsieur Vega en riant. C'est le petit ami d'Ivy.

— Oh, dit Rebecca sans vraiment changer d'expression. Ce manteau n'est-il pas un peu trop chaud? Qui voudrait s'habiller en noir par une journée ensoleillée comme aujourd'hui?

Ivy se racla la gorge.

Elle était entièrement vêtue de noir elle aussi, tout comme son père d'ailleurs. Elle espéra que sa tante n'était pas le genre de personne à juger les autres selon leur style vestimentaire.

À l'extérieur, Brendan fit signe à quelqu'un d'approcher et Jackson apparut à la fenêtre pour saluer Olivia.

— Oh, je le connais! déclara Rebecca. C'est une vedette de cinéma, n'est-ce pas?

Olivia fit signe que oui.

— C'est mon petit ami. Et il va auditionner pour le rôle de Roméo.

— Wow! dit Rebecca. J'aurais bien aimé sortir avec une vedette de cinéma quand j'avais ton âge.

Brendan articula silencieusement les mots «À plus tard», puis les deux garçons disparurent en direction du centre commercial.

Quelques instants après que ceux-ci aient tourné le coin de la rue, Ivy aperçut Amy Teller partir à leurs trousses telle une agente secrète.

— Et que Roméo bondisse dans mes bras, ignoré, inaperçu!

Olivia ne rongeait habituellement jamais ses ongles, mais elle voulait désespérément que son audition pour le rôle de Juliette se passe bien et ses ongles payaient le prix de sa nervosité. Elle n'avait pensé qu'à ça pendant toute la journée de lundi et, au moment même où la cloche avait sonné la fin des cours, elle s'était précipitée dans l'auditorium pour se préparer — comme presque toute l'école à ce qu'il lui semblait.

Elle était maintenant assise devant l'un des miroirs illuminés de la loge des filles, occupée à s'appliquer une nouvelle couche de brillant à lèvres et à pratiquer ses répliques.

— Excuse-moi, l'interrompit Charlotte, qui arborait une épaisse couche de fard à joues et une robe pseudo élisabéthaine. Est-ce que je peux partager ton miroir?

Sans même attendre de réponse, elle se pencha si près de celui-ci pour appliquer son crayon pour les yeux que la seule chose qu'Olivia put voir d'elle était son derrière.

Elle soupira; Charlotte était à la fois la capitaine de son équipe de meneuses de claques et la personne la moins aimable qu'elle connaissait.

— Ça ne te dérangera pas que j'embrasse ton petit ami, n'est-ce pas? dit Charlotte sans même se retourner.

Olivia faillit en échapper son brillant à lèvres.

— Quoi?

— Eh bien, dit-elle, lorsque je serai Juliette, je devrai embrasser Roméo, et tout le monde sait que Jackson est assuré d'avoir le rôle.

— Attendons de voir ce qui se passera, répliqua Olivia, qui voulait à tout prix éviter un conflit.

«Il est hors de question que Charlotte Brown embrasse mon petit ami… avant que j'aie la chance de le faire moi-même!»

Elle se leva pour trouver un endroit plus tranquille afin de terminer de répéter. Il fallait qu'elle réussisse cette audition — et pas seulement à cause de Charlotte. Donner la réplique à Jackson dans le rôle de Roméo serait la chose la plus romantique qui soit.

— Tu pourrais te pousser un peu? se plaignit Charlotte.

Olivia quitta alors la loge et se rendit dans les énormes coulisses où étaient entreposés des tonnes d'accessoires provenant des productions précédentes, comme un arbre géant dans lequel une personne pouvait entrer et qui avait servi à la comédie musicale *Dans les bois*.

Elle se fraya un chemin à travers un groupe de filles qui faisaient des vocalises, s'assit sur un fauteuil victorien issu de la pièce *L'importance d'être constant* et recommença à réciter ses répliques. Du coin de l'œil, elle aperçut Jackson, assis sur un cube de bois dans un coin tranquille, de l'autre côté des coulisses, occupé à relire son texte en vue de son audition.

« Comme s'il avait même seulement besoin d'essayer », se dit Olivia.

Il n'y avait aucune chance que Camilla confie le rôle de Roméo à quelqu'un d'autre ; il était si… si parfait ! Le fait qu'il prenait tout ça tellement au sérieux le rendait encore plus adorable à ses yeux ; les autres vedettes de cinéma n'auraient sans doute même jamais voulu auditionner pour une pièce d'école.

Elle ferma les yeux et s'imagina sur scène avec lui : ses cheveux cascaderaient sur ses épaules et elle porterait une magnifique robe dorée tandis que Jackson serait vêtu d'une chemise blanche et qu'il la prendrait dans ses bras en lui récitant de jolis vers. Subjugué par l'émotion de cette histoire d'amour passionnée, il la regarderait profondément dans les yeux, s'approcherait, et…

— Ouf ! s'exclama une voix bourrue tandis que quelqu'un se heurtait à son fauteuil.

— Hé ! dit Olivia en ouvrant brusquement les yeux.

Elle vit alors Garrick Stevens, le plus baveux des quatre Bêtes, planté droit devant elle.

« Beurk, se dit-elle. C'est sûrement la façon la plus rapide de ruiner une rêverie romantique. »

Garrick était un vampire et il se pavanait toujours dans l'école avec ses trois acolytes comme s'ils formaient un genre de gang. Qui plus est, il risquait continuellement d'enfreindre la première Loi par sa stupidité légendaire ; il avait même déjà tenté de mordre une meneuse de claques, mais s'était dégonflé à la dernière minute.

— Wa, ha, ha.

Son rire faisait le même bruit que les hélices d'un hélicoptère.

— Désolé, Olivia. Ou devrais-je plutôt dire : « Veuillez me pardonner, ma douce Juliette » ?

— *Tu* vas passer une audition pour le rôle de Roméo ? lui demanda Olivia, incrédule.

— Ouais, répondit-il avec autant d'aisance que si elle lui avait demandé si les cercueils grinçaient. Il y a, genre, cinq scènes de baisers.

Olivia fronça le nez.

— Eh bien, bonne chance.

— Je fais ma propre chance, dit Garrick avec un sourire malicieux.

Puis, il se retourna et se dirigea d'un pas nonchalant vers Jackson.

«Peu importe, se dit Olivia. Garrick n'a aucune chance de décrocher le rôle de Roméo.»

— Hé, sœurette!

Ivy sortit soudainement de nulle part, son col roulé noir se confondant avec les rideaux qui entouraient la scène. Sa seule concession face à la température printanière plus douce des derniers jours était le port d'une jupe aux genoux agencée de bottes plutôt que celui d'une jupe pleine longueur.

— Es-tu prête? lui demanda-t-elle.

Elle portait des écouteurs reliés à un microphone et tenait une planchette à pinces à la manière d'une vraie régisseuse de plateau.

— La metteure en scène arrive, ajouta-t-elle.

— Je suis aussi prête que je pourrais l'être, dit Olivia.

— Il reste cinq minutes avant le début des auditions, tout le monde, dit Ivy à l'intention de tous ceux et celles qui se trouvaient à portée de voix.

L'estomac d'Olivia fit un bond.

— J'espère que vous avez bien retenu votre ordre de passage. Si vous ratez votre tour, vous perdrez complètement votre chance.

Une jeune fille rousse eut l'air complètement terrifiée en entendant ces paroles, sans doute en raison du ton ferme et décidé d'Ivy. Olivia lui fit un sourire rassurant.

— Ne t'en fais pas, lui dit-elle. Tu n'as qu'à rester dans les environs et à ne pas trop t'éloigner pour aller te recoiffer avant d'être appelée.

La fille ne sembla toutefois pas soulagée par ses paroles.

Ivy arpenta les coulisses en transmettant le même message aux petits groupes de candidats éparpillés un peu partout. Olivia vit que Sophia Hewitt, la meilleure amie d'Ivy et partie intégrante de l'équipe technique, faisait de même. Une fille coiffée de couettes se précipita alors vers la salle de bain, la main plaquée contre sa bouche.

« Pauvre fille », songea Olivia.

Elle jeta alors un coup d'œil en direction de Jackson pour voir ce qu'il faisait et vit qu'Ivy s'approchait de lui ; un drôle de nuage de poudre verdâtre s'élevait en tourbillons autour de ses pieds à chaque pas qu'elle faisait.

« Mais que fait cette poudre sur le sol ? se demanda Olivia. Quelqu'un pourrait glisser ! »

Un instant plus tard, Ivy poussa un cri aigu :

— Aïeeeeeee !

Elle échappa sa planchette à pinces, qui s'écrasa sur le sol avec fracas, puis elle se pencha pour gratter vigoureusement ses jambes et ses chevilles.

Olivia se précipita vers elle en s'assurant d'éviter la poudre.

— Que s'est-il passé ? s'exclama-t-elle tandis que Jackson tentait d'aider sa sœur, qui se tenait sur une seule jambe, à reprendre son équilibre.

— Ça me démange ! hurla Ivy. Ça me démange partout !

Olivia saisit son autre bras pour la soutenir tandis que Sophia se précipitait vers eux.

— Qu'est-ce qui se passe? demanda-t-elle.

— Je ne saiiiiiiis paaaaaaas, gémit Ivy en se frottant désespérément la jambe.

Jackson se pencha pour examiner le sol.

— Est-ce qu'il y a des fourmis rouges ou quelque chose du genre? demanda Olivia, luttant pour supporter sa sœur qui se tenait à moitié debout et qui était à moitié effondrée sur un genou.

— Je n'en vois pas, répondit Sophia.

— Voici le coupable, dit Jackson en désignant du doigt un sac de papier à moitié caché sous un fauteuil poussiéreux en tweed. Toute cette poudre verte n'est autre que du poil à gratter.

Il sortit prudemment le sac et le referma en s'assurant qu'aucune poudre ne s'en échappe.

Pendant ce temps, les autres candidats aux auditions s'étaient rapprochés et avaient formé un cercle autour d'eux.

— Personne ne doit marcher sur ça, ordonna Sophia à la foule.

— Grrr… Ahhh!

Ivy était maintenant assise et s'affairait à arracher ses chaussures.

— Gratte mon pied! hurla-t-elle.

Olivia se retroussa le nez ; c'était l'une des choses les plus dégoutantes qu'elle pouvait imaginer.

— Mmmh… non merci.

— Est-ce qu'elle passe une audition pour une autre pièce de théâtre ? demanda un garçon qui portait un chapeau à la Robin des bois assorti d'une plume.

— Je reviens tout de suite, dit Jackson, laissant Olivia en charge de sa sœur, qui était maintenant aux prises avec d'étranges convulsions.

— Gratte mon pied ! hurla de nouveau Ivy en sautillant comme si elle se tenait sur des charbons ardents. Je ne peux pas gratter les deux en même temps.

— Est-ce que quelqu'un pourrait faire taire ce chat, railla Charlotte.

— Tais-toi, Charlotte ! commanda Sophia.

Charlotte se ferma automatiquement la bouche, surprise de s'être fait remettre à sa place de la sorte.

Olivia prit une grande inspiration, se ferma les yeux et s'agenouilla pour aider Ivy à soulager ses démangeaisons. Les jambes pâles de cette dernière étaient couvertes de plaques rouges en raison de ses grattements et ses orteils se retroussaient avec chaque cri qu'elle poussait.

Olivia tendit la main avec hésitation, incertaine de parvenir à faire une telle chose.

— Tu m'en dois tellement une, marmonna-t-elle.

Elle prit la cheville d'Ivy dans une main et s'apprêtait à la gratter lorsque Jackson l'interrompit.

— Ça devrait aider, dit-il en lui remettant une pile d'essuie-tout mouillés.

« Juste à temps », se dit Olivia en déposant la jambe d'Ivy et en se relevant rapidement.

Ivy pressa les serviettes humides contre ses jambes et ferma les yeux avec soulagement tandis que Sophia et Jackson s'affairaient à éponger la poudre sur le sol.

— Sacrée obscurité, ça fait du bien! lâcha-t-elle en se fermant les yeux et en se laissant retomber sur le plancher de bois.

Olivia était perplexe.

— Mais pourquoi quelqu'un voudrait-il attaquer la régisseuse avec du poil à gratter?

— Je dirais que c'est moi qui étais visé, répondit Jackson. Personne d'autre n'était ici, et j'auditionne pour le rôle principal. Je suis désolé, Ivy.

Sophia fronça les sourcils.

— Mais pourquoi quelqu'un aurait-il recours au sabotage?

Olivia scruta autour d'elle la foule d'acteurs en devenir qui regardaient toujours le drame se dérouler. Il était vrai que toute personne qui auditionnait pour le rôle de Roméo voyait sans doute Jackson comme une grande menace, mais c'était quand même plutôt tordu.

— En tout cas, la personne qui a fait ça va se faire transpercer, dit Ivy, qui s'était finalement remise de sa crise de grattage grâce aux serviettes humides.

Elle jeta un oeil à ses chevilles. Celles-ci étaient rouges à force d'avoir gratté et des plaques couvraient tout le long de ses jambes. La personne qui avait fait le coup était sérieuse.

— Il s'agit d'une tentative de tricherie évidente et la personne qui en est responsable sera disqualifiée sur-le-champ.

Sur ces paroles, Ivy désigna Jackson d'un long doigt.

— Donne-moi cette poudre! ordonna-t-elle.

— Oui, madame, répondit Jackson en lui tendant le petit sac brun.

Aussitôt qu'elle l'eut en main, elle se retourna brusquement.

— Est-ce que quelqu'un a vu quelque chose ?

— Pas moi, dit le gars avec le chapeau à plume.

— Pas moi, répéta Sophia.

Du coin de l'œil, Olivia aperçut Garrick qui disparaissait derrière un rideau en s'efforçant, de toute évidence, de se faire le plus discret possible.

La voix de ce dernier résonna alors dans sa tête.

« Je fais ma propre chance », avait-il dit.

Et il ne faisait nul doute que le coup du poil à gratter était *exactement* le genre de Garrick Stevens.

— Ivy, commença Olivia, si tu promets de ne pas tuer le messager, je crois savoir qui a fait ça.

— Parle ! commanda-t-elle.

Olivia l'amena plus loin dans les coulisses, parmi les penderies poussiéreuses remplies d'accessoires, là où la plupart des aspirants acteurs n'osaient pas s'aventurer.

Jackson et Sophia les suivirent jusqu'à ce qu'ils se retrouvent hors de portée des autres étudiants.

— Garrick Stevens, dit Olivia. J'en suis pas mal certaine, en fait. Garrick rôdait dans les alentours il y a environ cinq minutes, et il planifiait définitivement un mauvais coup.

— Il est venu me voir et m'a demandé le numéro de téléphone de mon dentiste, ce que j'ai trouvé vraiment bizarre, renchérit Jackson.

Olivia leva les yeux au ciel.

Elle ne pourrait pas le dire à Jackson, mais les vampires devaient faire limer leurs dents régulièrement afin de dissimuler leurs crocs, et Garrick essayait toujours de trouver un dentiste qui accepterait de lui fabriquer une paire de faux crocs.

Ivy regarda le sac de papier brun qu'elle tenait dans ses mains de plus près.

— Pas besoin d'être un agent secret pour comprendre ce que ça veut dire, dit-elle en le montrant aux autres.

Olivia vit un minuscule « B » orné de cornes de diable griffonné au stylo noir dans un coin du sac.

— La Bête a laissé sa carte de visite, dit Sophia.

— Garrick est tellement mort, dit Ivy. Je ne sais pas encore comment, mais je vais définitivement me venger.

Sophia lui adressa un large sourire et tapa doucement sur ses écouteurs.

— Si tu as besoin d'aide, tu n'as qu'à m'appeler.

— Hélas! Il y a plus de péril dans mon regard que dans 20 épées! déclara Ivy.

Olivia en fut bouche bée.

— *Tu* cites Shakespeare?

— Je suis la régisseuse, ce qui veut dire que je connais le texte de mes acteurs de fond en comble, répondit Ivy en se retournant vers ses aspirants. Et ça veut aussi dire qu'il me reste moins de 60 secondes pour vous diriger tous vers l'auditorium. Allez, dépêchez-vous!

Ivy dut abandonner ses chaussettes et ses chaussures en route, celles-ci étant recouvertes de poudre, puis enfiler une paire de souliers de clown rouge vif, le tout en affichant une expression qui défiait qui que ce soit de lui faire un commentaire.

Tout le monde, y compris Olivia et Jackson, s'empressèrent de lui obéir et se précipitèrent à travers toutes les entrées donnant sur la scène. Olivia courut à toute vitesse en direction du côté droit de la scène et descendit rapidement les marches pour aller s'installer dans l'un des sièges de la troisième rangée. Jackson, quant à lui, s'était dirigé droit devant, à travers l'ouverture du grand rideau, et s'était retrouvé du côté opposé de l'auditorium. Il leur était donc absolument impossible de se parler avant le début des auditions.

« C'est probablement une bonne chose », se dit Olivia.

Elle était déjà assez nerveuse comme ça ; s'il se trouvait près d'elle, elle pourrait en être totalement déconcentrée.

Les portes arrière de l'auditorium s'ouvrirent brusquement et Camilla entra d'un pas rapide, coiffée d'un béret noir et arborant des verres fumés de couleur foncée et des bretelles rouges soutenant des pantalons de camouflage. On aurait dit un étrange hybride entre une metteure en scène française et un sergent d'armée. Elle descendit par l'allée principale jusqu'au bord de la scène.

— Bonjour tout le monde, dit-elle à l'intention de la foule. Merci d'être venus et bonne chance à tous. Mais, souvenez-vous,

vous avez droit à une seule chance ; il n'y aura pas de rappel.

L'un des garçons qui se trouvait derrière Olivia marmonna :

— Elle a l'air sévère.

Olivia était fière de son amie. D'ordinaire, Camilla avait le nez plongé dans ses livres de science-fiction, mais, aujourd'hui, elle prenait les choses en main.

— Je ne suis pas une metteure en scène ordinaire et ceci n'est pas une production ordinaire de *Roméo et Juliette*, continua-t-elle. Nous n'avons que trois semaines pour la mettre au point, alors je veux voir de la passion, de l'originalité ; je veux voir ce je-ne-sais-quoi qui se cache en vous.

Sur ces mots, Camilla se retourna vers la scène, s'assit au beau milieu de la première rangée, sortit une planchette à pinces et dit :

— Alors, qui passe en premier ?!

Ivy, qui se tenait debout côté cour, fit signe à la première personne de monter sur scène : il s'agissait de Charlotte. Elle souriait modestement et avait tout à fait l'air d'une Juliette dans sa belle robe d'époque. Elle portait un haut à manches bouffantes sous une robe brodée bleue pâle qui prenait de l'expansion à partir de la taille. Elle s'approcha et fit un énorme sourire à Jackson en battant des cils.

Olivia ferma les yeux en les serrant très fort et en priant l'esprit de Shakespeare de lui écrire une fin heureuse en lieu et place de la tragédie que représenterait la nomination de Charlotte en tant que Juliette.

CHAPITRE 3

Ivy regarda sa planchette à pinces ; les trois premiers candidats étaient déjà passés et le prochain en liste, Toby Decker, vêtu d'un smoking, prenait place sur la scène pour lire le monologue de Mercutio, le deuxième rôle masculin de la pièce.

Ses yeux balayèrent la feuille et un nom attira son attention : Garrick Stevens.

Sa jambe tressauta et elle dut la gratter, malgré le fait que l'irritation s'était presque totalement estompée depuis l'incident. Elle se demanda si ses jambes oublieraient ce douloureux épisode un jour.

Elle avait caché le petit sac brun contenant la poudre sous la pince en métal de sa planchette et avait prévu le montrer à

Camilla pour faire disqualifier Garrick lorsque son tour viendrait.

« À moins, se dit-elle, qu'il y ait une meilleure façon de le punir… »

Une idée commença alors à germer dans son esprit.

Olivia attendait son tour dans les gradins, côté jardin, et surveillait Camilla tandis qu'elle griffonnait des notes sur les aspirants comédiens qui défilaient devant elle. Son visage était de marbre ; Olivia n'avait aucune idée de ce à quoi elle pensait.

— Suivant ! appela soudainement Ivy.

Olivia savait que c'était maintenant son tour. Elle se leva, ajusta sa robe, descendit l'allée et monta sur la scène. Elle fit un clin d'œil à sa sœur, qui leva son pouce en l'air en guise d'encouragement, et se plaça sur sa marque.

L'éclairage était éblouissant et elle ne voyait pas grand-chose au-delà de la scène, mais cela l'aida à se concentrer. Elle s'imagina debout, sur un balcon situé au-dessus d'un verger de pommes inondé de soleil, se languissant de la personne qu'elle aimait le plus au monde.

— Je vais vous interpréter le monologue de Juliette dans l'acte trois, scène deux, dit-elle en regardant droit vers les projecteurs.

Puis, elle fit le vide dans son esprit et s'exécuta.

— Retournez au galop, coursiers aux pieds de flamme, vers le logis de Phébus !

Elle s'était résolue à ne pas laisser le vocabulaire d'antan l'intimider et elle récitait chaque réplique clairement et avec application.

— À moi, nuit ! Viens, Roméo, viens : tu feras le jour de la nuit.

Elle avait étudié le passage attentivement afin de bien comprendre ce que chaque ligne signifiait réellement et, maintenant, elle n'avait plus qu'à songer à Jackson pour ressentir toute l'émotion de la poésie de Shakespeare. Le tout venait si naturellement à elle qu'elle avait l'impression de se fondre dans les mots.

— Donne-moi mon Jackson, et, quand il sera mort…

Elle entendit quelques petits rires étouffés et au moins un grand éclat de rire en provenance de l'audience.

«Oh non! se dit Olivia. J'ai dit Jackson plutôt que Roméo!»

Elle tenta néanmoins de demeurer dans la peau de son personnage.

«Oh non, oh non, ce n'est pas bon — ne rougis pas. Ne rougis pas!»

Olivia était certaine que son visage avait pris une teinte rosée, mais elle se concentra pour parvenir à réciter le reste de son monologue. Les projecteurs émettaient beaucoup de chaleur et elle avait de plus en plus chaud, mais elle tenta de chasser cet inconfort de son esprit et de se concentrer sur le reste de son texte.

— Viens, gentille nuit; viens, chère nuit au front noir donne-moi mon Roméo, et, quand il sera mort, prends-le et coupe-le en petites étoiles, et il rendra la face du ciel si splendide que tout l'univers sera amoureux de la nuit et refusera son culte à l'aveuglant soleil…

Lorsqu'elle eut fini, elle fit une petite révérence et le public l'applaudit avec enthousiasme.

«Je crois que c'est plus que ce qu'ils ont fait pour Charlotte, se dit Olivia avec espoir. Mais est-ce que c'est suffisant pour obtenir le rôle?»

Elle descendit de scène et tenta de déchiffrer l'expression sur le visage de Camilla, mais son amie demeura penchée sur sa planchette tout en écrivant avec concentration. On aurait presque dit qu'elle fronçait les sourcils jusqu'à ce qu'elle lève le regard et lui fasse un petit clin d'œil.

Le cœur d'Olivia fit un bond.

« Ça doit être bon signe, se dit-elle. S'il vous plaît, s'il vous plaît, s'il vous plaît, faites que ça fonctionne ! »

Obtenir ce rôle était tout ce qu'elle désirait.

Alors qu'elle se dirigeait vers son siège, elle aperçut Jackson qui souriait aussi largement que les serveurs de chez Monsieur Smoothie.

Olivia rougit. Le petit ami parfait, le Roméo parfait. Tout ça devait bien finir par un premier baiser parfait. Elle décida alors d'aller s'asseoir avec lui jusqu'à ce que son tour vienne, mais Ivy appela son nom au même moment. Elle s'assit donc dans le siège le plus près de la scène pour ne rien manquer de son audition.

Il monta les petites marches et se plaça sur sa marque en regardant en direction des gradins supérieurs de la salle.

— Mais doucement ! Quelle lumière jaillit par cette fenêtre ? Voilà l'Orient, et Juliette est le soleil…

Jackson parlait doucement, mais il retenait l'attention de tout le monde. Camilla s'était penchée vers l'avant et les chuchotements des spectateurs avaient fait place au silence le plus total.

— …Voilà ma dame ! Oh ! voilà mon amour ! Oh ! si elle pouvait le savoir !

Deux filles de huitième année, assises devant Olivia, étaient totalement en extase.

— J'aimerais bien qu'il soit mon Roméo, disait celle à la queue de cheval rousse.

Olivia sourit en songeant qu'il était à *elle*.

Quelques semaines auparavant, elle avait douté des sentiments qu'il avait pour elle, mais, depuis sa visite en Transylvanie, elle était convaincue de l'engagement de Jackson envers elle, et ce, même s'il était la plus adorable des vedettes d'Hollywood.

Olivia se mordilla la lèvre inférieure et pria encore pour être choisie pour interpréter le rôle de Juliette et donner la réplique à *son* Roméo.

Alors que Jackson déclamait son dernier vers, Ivy décrocha le poil à gratter de sa planchette ; Garrick était le prochain à passer et elle devait être prête à agir.

« Je vais m'assurer que l'audition de Garrick soit le point fort de la journée », se dit-elle.

Pas parce qu'il était bon acteur, mais parce qu'il allait faire une très bonne interprétation… d'une personne dont le chandail était rempli de poil à gratter.

Jackson salua la foule sous un tonnerre d'applaudissements et quelques cris.

Ivy plissa les yeux pour contrer l'éblouissement causé par l'éclairage de scène et constata qu'il y avait définitivement un plus grand nombre de filles dans l'audience que d'inscrites aux auditions. Des élèves s'étaient sans doute faufilées pour venir voir l'audition de Jackson.

Lorsque la foule se calma, Ivy appela le nom de Garrick en dépliant le coin supérieur du sac de papier, prête à bondir lorsqu'il passerait près d'elle. Garrick se leva alors précipitamment de son siège et ses trois acolytes, Dylan Soyle, Kyle Glass et Ricky Slitherman, commencèrent à lui crier des encouragements.

Vêtu d'un t-shirt orné d'une tête de mort et de jeans noirs usés, il n'avait pas du tout l'air dans son élément ; il n'avait visiblement fait aucun effort pour être présentable pour son audition.

— Garrick, c'est le plus fort ! hurla Dylan.

Ce dernier adressa un sourire sournois à la foule et monta nonchalamment sur la scène en envoyant la main, comme s'il y avait eu des centaines d'admirateurs en train de scander son nom.

Ivy savait qu'elle disposerait d'environ une milliseconde pour accomplir sa mission — et qu'elle devrait le faire avec subtilité. S'il apercevait le sac dans ses mains, il comprendrait tout de suite ce qu'elle voudrait faire.

Garrick s'approchait rapidement.

— Hé, bébé, dit-il lorsqu'il fut à environ trois pas d'elle. Assure-toi de noter que je suis déjà passé à la télévision. Jackson n'est pas la seule personne à avoir de l'expérience à l'écran.

Ivy s'efforça de ne pas lever les yeux au ciel. Garrick avait passé à la télévision à l'occasion d'un coup monté débile lors duquel il était sorti d'un cercueil au cours de funérailles. Ça avait été un désastre total et Ivy avait dû régler le tout elle-même.

— Pourquoi tu ne le ferais pas toi-même ? répondit-elle malicieusement en lui tendant sa planchette. Juste ici, sur ma liste.

Lorsque Garrick se pencha pour griffonner « vedette de télévision » à côté de son nom, l'arrière de son tee-shirt bâilla.

« Parfait », songea Ivy.

Sans perdre une seule seconde, elle versa la poudre diabolique à l'intérieur de son collet.

— Merci, bébé, dit-il en lui redonnant son stylo.

— Tout le plaisir est pour moi, répondit-elle en souriant.

Puis, il entra sur scène sans se presser, confiant jusqu'au bout des ongles.

« Trois, deux, un. »

Garrick se figea.

Ses épaules sursautèrent, son bras droit frétilla, et Ivy sourit.

— Euh, est-ce que je peux passer mon audition plus tard ? lança Garrick en se tortillant dans une petite danse.

— Pas de pause, pas de deuxième chance. C'est maintenant ou jamais, Garrick, répondit fermement Camilla.

Ivy se rappela l'agonie des démangeaisons qui avaient envahi ses jambes un peu plus tôt. Elle avait dû mettre sa dignité de côté et se gratter en toute vitesse, chose que Garrick ne pouvait pas se permettre puisqu'il se trouvait sur scène, devant la moitié de l'école.

Ivy eut envie de lui crier : « Tu pensais que tu pouvais tricher et saboter les chances de Jackson ? Eh bien, ce ne sera pas le cas tant que je serai là. »

Garrick lui lança un regard désespéré, les yeux larmoyants, et elle agita le sac en l'air afin qu'il sache exactement ce qui lui était arrivé. Il se mit alors à danser de façon plutôt comique, comme un enfant de quatre ans qui aurait eu désespérément besoin d'aller aux toilettes.

Il tenta de dire sa première réplique :

— Mais, mais, mais, doucement ?

On aurait davantage cru à une prière qu'à une déclaration d'amour.

Ivy cacha son visage derrière sa planchette pour que personne ne la voie pouffer de rire.

La voix de Sophia se fit entendre dans ses écouteurs :

— Est-ce que c'était toi ?

— Ouais, lui chuchota-t-elle.

Garrick interprétait le même monologue que Jackson.

« Avec une intonation légèrement différente toutefois », se dit-elle.

La tête de Garrick se mit à bouger brusquement d'un côté et de l'autre.

— Qu-qu-quelle lumière… — il eut un sursaut — jai-LLIT — et un petit saut — p-p-par cette… — et un grand saut — fenêtre.

Il céda à l'envie de se gratter et se promena de tous bords tous côtés en disant la réplique suivante :

— Voilà l'Orient, et Juliette est le soleil !

Ivy était tout de même impressionnée par le fait qu'il arrivait encore à se souvenir de ses lignes. Il se laissa finalement tomber sur le sol et commença à se tortiller comme un scarabée coincé sur le dos en hurlant ses répliques de plus en plus fort.

— Lève-toi, belle aurore, et TUE la lune jalouse…

Ivy aperçut Olivia, assise dans l'audience, qui se tortillait sur son siège en s'efforçant de ne pas rire tout haut. À présent, plusieurs personnes dans l'audience ricanaient, et Camilla semblait totalement stupéfaite.

Lorsque Garrick eut enfin fini son monologue, il s'enfuit de la scène. Il passa à côté d'Ivy à toute vitesse pour se rendre dans les coulisses, puis elle entendit la porte de la salle de bain se fermer dans un claquement. Ses trois acolytes se précipitèrent derrière lui pour savoir ce qui s'était passé.

« Tu l'as bien mérité », se dit Ivy.

— Suivant ! cria-t-elle.

Une demi-heure plus tard, Olivia était assise dans la sixième rangée du théâtre et tenait fermement la main de Jackson en attendant la grande annonce.

— Ça va tellement être moi, déclara Charlotte par-dessus le vacarme excité qui émanait du théâtre.

Elle était assise deux rangées devant eux, entre Allison et Katie.

— Personne ne m'est arrivé à la cheville.

Jackson serra la main d'Olivia et lui dit doucement :

— Ne l'écoute pas. Ton audition était vraiment très réussie.

Olivia sourit, mais son cœur battait la chamade. Il y avait véritablement une possibilité que Charlotte obtienne le rôle à sa place. Camilla était dans la cabine de son, une petite salle située au-dessus de la dernière rangée de la salle, pour prendre sa décision en privé.

Jackson lâcha soudainement un petit rire.

— J'ai surtout aimé la partie où tu as parlé de moi.

Le corps entier d'Olivia frissonna de gêne et elle espéra que son visage n'était pas devenu plus rouge qu'une tomate trempée dans du ketchup.

— C'était plus fort que moi, avoua-t-elle. Je pensais à toi pour transmettre les émotions de Juliette.

Il lui sourit et se pencha vers elle.

— Eh bien, ça a marché.

Olivia prit une grande inspiration.

« Est-ce qu'il va m'embrasser là, tout de suite ? » se demanda-t-elle.

Au même moment, Ivy vint s'asseoir devant eux.

Jackson se redressa et Olivia relâcha son souffle.

— Ça ne devrait pas être bien long, dit Ivy, qui portait toujours ses écouteurs. Je viens tout juste d'aller la voir.

Olivia eut le souffle coupé.

— As-tu vu quelque chose ?

Ivy secoua la tête.

— Rien du tout. Et de toute façon, je ne te le dirais pas. Ça compromettrait mon intégrité professionnelle.

— En parlant d'intégrité profession-nelle, dit Jackson, je crois que la preuve que constituait le poil à gratter pourrait bien avoir disparu.

Ivy prit un air innocent.

— Je ne sais pas de quoi tu parles.

Les trois lancèrent un regard vers Garrick, qui était assis quelques rangées plus loin et qui affichait un air à la fois gro-gnon et ridicule, vêtu d'une chemise à pois rouge et jaune qu'il avait dû emprunter au département des costumes.

— Ça me surprend qu'il ne t'ait pas fait une crise, Ivy, lui dit Olivia.

— S'il l'avait fait, répliqua Ivy, il aurait eu à avouer que c'était celui qui avait apporté le poil à gratter au théâtre en premier lieu.

Olivia entendit un crépitement dans les écouteurs d'Ivy.

— Elle est prête! dit Ivy en se précipitant dans l'allée principale en direction de l'arrière de l'auditorium.

Elle ouvrit l'une des portes et Camilla apparut, silhouette sombre contre les lumières du corridor. Un silence total envahit le théâtre tandis qu'elle descendait l'allée menant vers la scène, un pouce accroché à l'une de ses bretelles.

— J'ai en mains, commença-t-elle d'un ton sinistre, la liste finale des acteurs choisis.

« Être metteure en scène convient parfaitement à Camilla », se dit Olivia.

Elle jeta un coup d'oeil à Jackson, qui semblait aussi détendu que s'il attendait de voir quel repas serait servi à la cafétéria le lendemain. Olivia, elle, se sentait davantage comme quelqu'un qui allait apprendre que ce serait *elle* le repas du lendemain.

— Je vous remercie d'avoir pris le temps de vous présenter aux auditions, continua Camilla et, s'il vous plaît, n'oubliez pas que si vous n'avez pas un rôle sur scène, nous aurons besoin de beaucoup de soutien technique en coulisses pour les accessoires et la construction des décors.

Olivia regarda tout autour d'elle ; la fille à la queue de cheval était bien pâle et affichait une expression de marbre tandis que le garçon au chapeau de Robin des bois semblait avoir déjà avoir obtenu le rôle. Il y avait assurément beaucoup de tension dans l'air.

Camilla se racla la gorge.

— Pour les principaux rôles féminins, le rôle de Juliette sera interprété par…

Olivia serra la main de Jackson si fort qu'il poussa un petit cri.

— Olivia Abbott !

Il y eut des applaudissements polis, et Charlotte lui lança un regard haineux.

— C'est pas vrai ! cria-t-elle.

Mais Olivia refusa de la laisser gâcher son bonheur. Elle poussa un petit cri de joie, applaudit et saisit Jackson pour lui faire un énorme câlin, ce qui était plutôt difficile étant donné qu'un accoudoir se trouvait entre eux.

« J'ai réussi ! se dit-elle. Je vais jouer Juliette… et Jackson sera mon Roméo ! Et nous aurons enfin notre premier baiser. »

Les chuchotements cessèrent et Camilla fit sa deuxième annonce :

— Le deuxième rôle principal féminin, celui de la nourrice, sera interprété par Charlotte Brown.

— La nourrice ? pleurnicha Charlotte. Mais elle est vieille, non ?

Camilla l'ignora.

— Pour ce qui est des principaux rôles masculins, le rôle de Mercutio sera interprété par... Jackson Caulfield.

— Quoi !? s'écria Olivia.

« Jackson n'a même pas auditionné pour ce rôle », se dit-elle.

L'audience s'exclama de surprise.

— C'est excellent, dit Jackson sans la moindre trace de confusion. C'est un personnage si complexe.

Olivia n'en croyait pas ses oreilles. Jackson semblait véritablement content.

« Mais attends, pensa-t-elle. C'est ridicule. Jackson est la jeune vedette de cinéma la plus populaire de toute la planète ! Comment ça se fait qu'il n'ait pas obtenu le premier rôle ? »

Camilla demanda le silence, mais sans succès. Tout le monde dans la pièce murmurait sa propre théorie quant à savoir qui serait Roméo si ce n'était pas Jackson.

« Mais Jackson est un professionnel ! Qui dans cette école aurait pu mieux interpréter ce rôle que lui ? » se demanda Olivia.

Soudainement, un sifflement aigu fendit l'air et tout le monde se tut.

— J'ai dit silence, s'il vous plaît, dit Camilla en baissant la main. Merci. Le rôle de Roméo sera joué par… Garrick Stevens.

— Ouiiiii ! hurla Garrick en bondissant de son siège.

— Quoi !? s'écria Olivia. Garrick sera Roméo ?

— Les rôles de soutien seront affichés à l'extérieur dans quelques instants.

Camilla devait crier pour se faire entendre par-dessus le brouhaha des aspirants. Certains étaient déçus de ne pas avoir obtenu les rôles principaux, mais la plupart d'entre eux parlaient de Garrick.

— J'aimerais que les acteurs principaux restent ici pour une réunion d'information. Les autres peuvent partir.

Olivia était estomaquée. Garrick avait passé toute son audition à se tortiller et à sautiller partout ; il avait été horriblement mauvais ! À un certain moment, il s'était même couché sur la scène ! Tout ça n'avait aucun sens, mais elle suivit néanmoins Jackson à travers la foule qui se dispersait lentement.

— Vous vous demandez peut-être, dit Camilla lorsque les quatre se furent rassemblés, pourquoi les rôles ont été attribués ainsi.

Olivia dut se retenir de crier : « Ça, c'est sûr ! »

— Suivez-moi, s'il vous plaît, je voudrais vous montrer quelque chose.

Elle conduisit le petit groupe vers les escaliers latéraux menant vers la scène, puis marqua une petite pause avant de les diriger en coulisses.

— Vous avez peut-être entendu dire que ma production de *Roméo et Juliette* consisterait en une « variante », dit-elle. Eh bien…

Mais, avant que Camilla puisse continuer, les portes du théâtre s'ouvrirent brusquement et leur protocolaire professeur d'anglais, monsieur Wagenbach, entra à grands pas, suivi de près par Amy Teller. Ce dernier agitait un tas de feuilles qui ressemblaient beaucoup à un script et son visage était de la même teinte aubergine que sa cravate.

— C-Comment as-tu pu ? balbutia-t-il en montant les escaliers d'un pas lourd. Cette soi-disant adaptation de *Roméo et Juliette* est une abomination !

Olivia était assommée, mais Camilla semblait tout à fait calme.

— Comment as-tu pu transformer le couple le plus connu de toute l'histoire de la littérature en un extraterrestre et un robot ? hurla-t-il.

« Un extraterrestre et un robot ? se dit Olivia. Mais de quoi parle-t-il ? »

— Si vous pouviez simplement vous calmer, monsieur, commença Camilla.

— Je ne me calmerai pas, jeune fille ! fulmina-t-il. Vous ne pouvez pas mettre en scène l'une des pièces les plus connues de Shakespeare dans l'espace ! J'ai bien envie d'annuler cette production immédiatement.

Olivia comprit enfin : la variante dont Camilla était sur le point de leur parler était liée au fait que la pièce prendrait une tournure apparentée à la science-fiction. Elle se l'était donc véritablement appropriée.

« Est-ce que ça veut dire que je devrai apprendre le cyborg ? » se demanda Olivia, sachant pertinemment que son amie parlait couramment ce langage.

Amy s'approcha de plus en plus de Jackson et ajusta son veston vert cintré.

— Si tu penses que Jackson Caulfield va perdre son temps à interpréter le rôle principal de cette niaiserie, tu te trompes.

Camilla plissa les yeux pour toute réponse.

— Je suis heureuse de vous informer que Garrick Stevens a décroché le rôle principal de ma pièce.

Les deux adultes se retournèrent pour fixer le garçon dégingandé vêtu d'une drôle de façon et qui, jusqu'à maintenant, n'avait fait que dessiner sur ses jeans à l'aide un stylo noir.

Il leur envoya la main et laissa accidentellement tomber son stylo.

— C'est moi, dit-il nonchalamment.

Puis, il étira son bras par-dessus son épaule pour se gratter le dos.

Amy se retourna brusquement vers Camilla.

— C'est une blague.

— Je vais jouer le rôle de Mercutio, ajouta Jackson.

Amy en eut le souffle coupé.

— Mais, il meurt à la moitié de la pièce.

Jackson se retourna alors vers Camilla.

— Et je veux te remercier pour cette chance. Tu dois savoir que je suis *pleinement engagé* envers ta production, dit-il en lançant un regard entendu à Amy. Tous mes autres engagements seront annulés jusqu'à la dernière représentation.

Amy avait l'air d'un poisson rouge ; sa bouche s'ouvrait et se refermait constamment, mais aucun son n'en sortait.

Camilla hocha la tête.

— Merci, répondit-elle avant de se retourner vers les adultes. Écoutez, je suis bien consciente que les pièces de Shakespeare ne se passent habituellement pas dans l'espace, mais c'est justement là la beauté de son œuvre : elle est universelle. Ses histoires et ses personnages sont si riches qu'on peut les faire prendre vie n'importe où et à n'importe quelle époque.

Le visage gonflé et violet de monsieur Wagenbach commença à se détendre et à prendre une teinte un peu plus pâle.

Camilla continua :

— Le fait de changer de cadre nous permettra de livrer son message à une audience plus large qui, autrement, pourrait ne pas apprécier la qualité de son écriture. Je veux que toute l'école — non, je veux que le monde entier — voie à quel point elle peut être puissante.

Olivia était impressionnée ; son amie savait exactement quoi dire pour convaincre leur professeur. C'était presque comme un appel aux armes, une publicité passionnée pour le dramaturge préféré de Wagenbach.

— Peut-être…, commença-t-il. Peut-être que tu as raison.

Amy leva les yeux au ciel.

— Je t'ai peut-être jugée trop rapidement, décida-t-il. Tu peux continuer, Camilla. Notre école et notre département d'art dramatique sont très chanceux de t'avoir.

— Merci, répondit-elle poliment.

— Je veux pouvoir approuver le costume de Jackson, interjeta Amy.

Camilla se croisa les bras.

— Je suis prête à vous offrir un droit de regard, mais sans plus.

Olivia était impressionnée de voir à quel point Camilla était douée pour négocier avec la boule de feu qu'était la gérante de Jackson.

« Je ne voudrais pas avoir à faire face ni à l'une ni à l'autre », se dit-elle.

— Le droit de regard, c'est bon pour les acteurs de quatrième rang, répliqua Amy. Jackson, lui, en est un de tout premier ordre.

— J'ai confiance en ma metteure en scène, Amy, dit Jackson en se portant à la défense de Camilla. C'est elle qui s'est le plus investie dans cette production et je suis certain que tout sera parfait.

Amy plissa les yeux.

— Eh bien, je n'appellerai pas *Inside Hollywood* avant d'avoir vu les costumes, dit-elle d'un ton décidé en tournant les talons.

Alors qu'Amy et monsieur Wagenbach quittaient le théâtre, Camilla se retourna vers ses acteurs.

Charlotte avait l'air d'un ballon sur le point d'éclater.

— Mais de quoi parlaient-ils ? demanda-t-elle.

— C'est ce que j'essayais de vous dire, expliqua Camilla. Venez avec moi.

Elle déplaça un lourd rideau noir et s'enfonça dans les coulisses. Elle ouvrit ensuite une porte cachée qui menait vers la salle des costumes et dirigea le petit groupe vers le fond de la pièce.

— Ce sera une version de *Roméo et Juliette* inspirée de Coal Knightley. Les mots et l'histoire resteront sensiblement les mêmes, mais les Capulet seront des robots et les Montaigu seront des extraterrestres. Ça va être extraordinaire !

Garrick avait l'air perplexe.

— Des extraterrestres ?

— Vous n'avez pas vu ce film absolument génial datant des années 1950, *Planète interdite* ? leur demanda-t-elle avec enthousiasme. C'était un mélange de Shakespeare et de science-fiction qui a créé un véritable phénomène culte.

Olivia secoua la tête.

— Désolée, mais ça ne me dit rien du tout.

Elle fixait les costumes métalliques, desquels pendaient de longs tentacules, qui étaient suspendus à un portant. Le Shakespeare 2.0 de Camilla allait définitivement être mémorable.

— Garrick, ton audition bourrée de tics était encore mieux que tout ce que j'aurais pu imaginer pour le rôle de Roméo, ou plutôt de Romezog, dit Camilla.

— Romezog? répondit Garrick. Est-ce qu'il y aura quand même des scènes de baisers?

— Le script ne changera pas beaucoup par rapport à l'original, confirma Camilla.

— Super! dit Garrick en levant son poing dans les airs, l'air triomphant.

— Oh non, gémit Olivia.

— Félicitations pour le rôle de Juliette, Olivia, dit Charlotte en lui adressant un sourire suffisant.

— En fait, c'est Julietron, la corrigea Camilla en tirant sur une courte jupe de plastique et un haut ferme sans manches pour les remettre à Olivia.

On aurait dit un uniforme de meneuse de claques trempé dans de l'or liquide.

« Cool », se dit Olivia.

— Charlotte, tu seras Nounou-bot et tu porteras ceci, poursuivit-elle en lui remettant une perruque grise et une robe lâche et rembourrée faite d'un tissu argenté sur lequel des appliqués en forme de roses avaient été fixés.

— Beurk.

Charlotte avait l'air dégoûtée.

— Et toi, Jackson, tu seras Merc-X88, dit-elle en lui tendant un costume de chevalier à l'allure futuriste et sur lequel étaient appliqués des tubes qui reliaient le casque au plastron. En tant que membre de la famille du prince, tu n'es ni extraterrestre ni robot.

— Je suis un cyborg, dit-il. Je suis les deux à la fois !

— Exactement, confirma Camilla avant de se retourner vers Garrick. Et toi, tu porteras ceci.

Le costume de Romezog était vert et disposait de quatre bras de chaque côté du corps, tous reliés les uns aux autres de façon à bouger en même temps chaque fois qu'il bougerait ses propres bras. Il comportait aussi un grand chapeau orné de gros yeux de plastique posés sur des ressorts qui partaient dans toutes les directions.

— J'ai pas de problème avec ça, répondit Garrick en lorgnant Olivia et en lui envoyant un baiser soufflé.

Cette dernière en eut l'estomac tout retourné.

Cette journée devait être la plus extraordinaire de toutes. Elle avait obtenu le rôle de Juliette — de même qu'un costume magnifique —, mais elle n'avait même jamais pensé que Jackson pourrait ne pas obtenir le rôle de Roméo.

Ainsi donc, non seulement n'aurait-elle pas son premier baiser avec Jackson dans le cadre de l'histoire d'amour la plus connue de tous les temps, mais elle devrait plutôt embrasser Garrick Stevens… dans un costume de pieuvre. Ça ne pouvait vraiment pas être pire.

CHAPITRE 4

— Qu'est-ce que tu as là-dedans ? demanda Brendan en écartant ses longs cheveux de son visage et en transportant le sac noir d'Ivy le long du porche jusqu'à la voiture de son père.

C'était samedi matin et, après une semaine d'intenses répétitions, Ivy et Olivia étaient sur le point de partir à la ferme de tante Rebecca pour la fin de semaine. Ivy avait hâte de passer du temps avec sa tante, mais elle espérait arriver à éviter les résidents à quatre pattes de la ferme.

— J'ai pourtant essayé de me faire une valise légère, répliqua Ivy. Enfin, je ne parle pas des couleurs bien sûr.

— Eh bien, tu t'es quand même retrouvée avec un sac plus lourd qu'une pierre tombale faite de marbre, lui répondit Brendan.

— Désolée, dit-elle en déposant un baiser rapide sur sa joue. Je ne savais pas quoi amener pour un voyage à la ferme.

Après un long moment de réflexion, elle avait finalement décidé d'apporter ses pantalons de camouflage gris et noir et un chandail à manches trois-quarts. Elle savait au moins que ses bottes robustes feraient l'affaire.

— J'ai dû emmener des barres VitaVamp, ajouta-t-elle.

Ivy devait s'assurer de consommer assez de fer dans l'éventualité où tante Rebecca ne leur servirait pas beaucoup de viande. Ce n'était pas facile d'aller dormir chez quelqu'un qui n'était pas au courant de son secret.

— J'ai encore de la difficulté à croire que tu t'en vas jouer les cowgirls au beau milieu de nulle part, dit Brendan.

— Tu n'as qu'à me montrer où sont les vaches qui ont besoin d'être traites, blagua Ivy.

— Il va vraiment falloir que je voie ça, répliqua-t-il avant d'éclater de rire avec elle.

— Allez, vous deux! appela monsieur Vega en utilisant toute sa force vampirique pour soulever sans difficulté le bagage d'Olivia et le placer dans le coffre de sa voiture. Nous devons partir dans cinq minutes.

Monsieur Abbott, qui allait suivre un séminaire sur la discipline de l'*ikebana*, l'art floral japonais, venait tout juste de passer pour déposer Olivia et son sac de voyage rose.

— Ça apaise l'esprit, avait-il chantonné avant de repartir.

Ivy avait bien besoin d'apaiser le sien; elle était très excitée à l'idée de passer du temps avec sa tante, mais elle n'avait aucune idée de ce qu'il y avait à faire sur une ferme et, en dépit des blagues qu'elle avait faites, elle n'avait aucune envie de traire des vaches.

— Où est-il? demanda Olivia en sautillant d'un pied à l'autre tandis que Brendan et monsieur Vega ajoutaient le sac d'Ivy dans la voiture. Jackson a dit qu'il viendrait me dire au revoir.

À ce moment précis, une luxueuse voiture conduite par un chauffeur privé apparut au bout de l'entrée. Jackson bondit rapidement hors de celle-ci et monta l'allée à toute vitesse ; il était vêtu d'une chemise blanche à boutons, d'une paire de jeans bleus délavés et de ses bottes de cowboy habituelles.

— Je suis tellement content de ne pas t'avoir manqué, dit-il. Camilla m'a fait pratiquer mes répliques avec Garrick jusqu'à très tard hier soir et je me suis réveillé en retard.

Olivia leva son sac à main dans les airs.

— J'ai mon script juste ici. Elle est une metteure en scène plutôt sévère, n'est-ce pas ?

— Oui, mais elle est douée, répondit Jackson. Et là-dessus, tu peux me croire, j'ai travaillé avec beaucoup de metteurs en scène.

Ivy fit de son mieux pour ne pas regarder fixement Olivia et Jackson tandis qu'ils se déplaçaient en direction de la pelouse pour aller parler en privé au cours des dernières minutes dont ils disposaient pour la fin de semaine.

Brendan arriva alors derrière elle et lui fit un énorme câlin.

— À plus tard.

— Je t'appellerai, dit Ivy.

Brendan lui envoya la main et enfourcha sa bicyclette.

Monsieur Vega fit un pas vers Olivia et Jackson, mais Ivy l'arrêta.

— Encore quelques minutes.

— D'accord, dit-il. Je vais aller démarrer le GPS en attendant.

Ivy s'efforça de ne pas épier le charmant couple, mais, du coin de l'œil, elle vit tout de même Olivia se mettre sur la pointe des pieds. Elle savait que sa sœur n'avait pas encore eu son premier baiser, et tout portait à croire que le moment était finalement arrivé.

« Devant papa ! » se dit Ivy, incrédule.

Cette dernière jeta un regard vers son père : il était assis dans le siège avant et semblait totalement absorbé dans la planification de son trajet, mais il pouvait lever les yeux à tout moment.

Devait-elle essayer de bloquer son champ de vision ou empêcher Olivia d'embrasser Jackson ? Ivy regarda tour à tour le gazon et la voiture ; tout semblait tourner au ralenti.

Cependant, elle se rendit rapidement compte que Jackson lançait lui aussi des coups d'œil furtifs en direction la voiture.

« Il ne veut pas l'embrasser devant papa », devina Ivy.

À la dernière minute, Jackson esquiva complètement le visage d'Olivia et s'approcha pour lui faire un câlin.

On aurait dit qu'elle venait de perdre un billet de loto gagnant.

— Amuse-toi bien, dit-il en la saluant d'un drôle de geste de la main alors qu'il la reconduisait vers la voiture de monsieur Vega. Je suis jaloux que tu ailles monter à cheval.

Olivia s'égaya.

— J'ai tellement hâte ! dit-elle alors qu'il regagnait sa voiture. Salut, dit-elle en se retournant vers Ivy alors que le chauffeur de Jackson lui ouvrait la portière. Pourquoi, mais pourquoi, oh pourquoi il ne m'embrasse pas ? chuchota-t-elle à l'intention de sa sœur alors que la voiture de Jackson s'éloignait.

— Qu'est-ce qu'il y a ? demanda monsieur Vega.

— Rien ! répondit Ivy. En route !

Ivy prit place dans le siège avant et Olivia s'installa sur la banquette arrière, côté chauffeur.

— C'est bon, dit monsieur Vega. Allez hop, cascade !

Les jumelles se regardèrent et éclatèrent de rire.

« Et voici un parfait exemple qui prouve que les vampires et la campagne ne sont pas faits pour aller ensemble, se dit Ivy. Mais tant qu'il n'y a pas trop de trucs « lapins » à la ferme, tout devrait bien se passer. »

— Ooh, j'adore cette chanson, dit Olivia en se déhanchant sur le siège arrière au son de la musique country qui se déversait des haut-parleurs.

— Pour moi, ça ressemble plutôt à une hyène en agonie, dit Ivy en faisant mine de se boucher les oreilles.

— C'est de la musique country classique, rétorqua monsieur Vega. J'ai concocté une liste de lecture spéciale pour notre voyage en voiture, histoire de vous mettre dans l'ambiance.

Il leur fit un large sourire, qui lui donna étrangement l'air un peu sinistre.

— Oh oui, répondit Ivy sur un ton pince-sans-rire. Mes pieds ont tellement envie de faire des danses carrées qu'ils m'en démangent.

— Ha, ha, répliqua Olivia. Les pieds qui démangent ne sont pas un sujet de rigolade. La dernière fois que j'ai dû m'occuper de la démangeaison de tes pieds, tu as transformé mon Roméo en Garrick Stevens !

— D'un prince à une grenouille, lança malicieusement Ivy.

— C'est exact, lui répondit Olivia.

— Bon, les filles, commença monsieur Vega en prenant un air sérieux. Sachez que vous pouvez revenir à la maison n'importe quand. Si, à tout moment, vous voulez partir, je peux être là en une demi-heure.

— Merci, papa, dit Ivy.

Olivia se rendit compte que leur père était un peu plus inquiet que ce que sa liste de lecture pouvait laisser croire.

— Vous savez que tante Rebecca ne sait rien à propos de… euh… nos origines, dit-il.

— On le sait, répondit Olivia.

— Elle ne comprend pas vraiment pourquoi votre mère et moi ne sommes pas restés en contact avec elle. Nous avions prévu lui parler de vous lorsque vous êtes nées, mais les choses ne se sont pas déroulées comme prévu, termina-t-il d'un air triste.

— Ne t'en fais pas, papa, dit Ivy. On comprend très bien la situation, et on est vraiment contentes que tu aies fait tous ces efforts pour la retrouver et faire en sorte qu'on puisse la rencontrer.

Tout à coup, l'un de leurs téléphones émit un bip sonore.

— C'est le mien, dit monsieur Vega. Il est dans ma serviette sur le siège arrière. Olivia, est-ce que tu peux répondre s'il te plaît?

Olivia fouilla dans le sac pour retrouver le téléphone, puis appuya sur le bouton vert.

— Téléphone de Charles Vega, dit-elle.

— Ivy? répondit une voix féminine. Olivia? C'est Rebecca. Êtes-vous en chemin? Arrivez-vous bientôt?

— C'est Olivia et, euh, attends une minute.

Elle appuya sur le bouton « muet ». Comme elle ne voulait pas que monsieur Vega pense que Rebecca essayait de les contrôler, elle décida de reformuler la question.

— Tante Rebecca aimerait savoir à quelle distance nous sommes rendus.

— Nous sommes à l'heure, bien sûr, répondit monsieur Vega, et nous arriverons à 10 h du matin, tel que discuté.

— Nous sommes à l'heure, traduit Olivia en omettant le «bien sûr» et le «tel que discuté» afin de ne pas l'offenser.

— Votre père ne s'attend pas à rester à dîner, n'est-ce pas? demanda alors Rebecca. Nous serons très occupées et nous nous mettrons à l'œuvre dès votre arrivée. Je ne voudrais pas qu'il reste planté là sans avoir quoi que ce soit à faire.

Olivia activa de nouveau la fonction «muet»; celle-là n'allait pas être facile à reformuler.

— Rebecca dit que le dîner sera probablement servi tard et que, si tu veux partir avant, elle n'en sera pas offensée.

— C'est très gentil de sa part, répliqua monsieur Vega, mais j'aimerais bien jeter un coup d'œil au ranch de Susannah. Elle m'en a tellement parlé.

«Crotte», se dit Olivia.

Cette conversation aurait été beaucoup plus facile à gérer si son bio-papa avait simplement prévu aller les reconduire et les laisser là.

— Il aimerait voir un peu le ranch avec nous, si ça ne te dérange pas, dit Olivia à sa tante.

— Mais bien sûr, il n'y a pas de problème, répondit Rebecca.

Olivia se demandait néanmoins si elle avait vraiment envie qu'il reste.

— C'est simplement que je ne voulais pas qu'il reste coincé dans l'heure de pointe du dîner en retournant chez lui.

— Excellent, gazouilla Olivia en décidant de mettre fin à la conversation. On se voit très bientôt alors !

« Ouille, se dit Olivia. Ça, c'était pas évident. »

Ivy lui lança un regard compatissant à partir du siège avant.

« Ce n'est pas grave, se dit Olivia. Apprendre à connaître notre mère biologique va tellement en valoir la peine ; on réglera les problèmes des adultes plus tard. »

★ 🦇 ★

Lorsque monsieur Vega arrêta la voiture à l'extrémité de l'entrée du ranch, le cœur d'Ivy s'alourdit ; il y avait des animaux absolument partout.

Le terrain était rempli de poules qui couraient en liberté tout en picorant çà et là, sans compter deux labradors noirs couchés sur le porche. L'écurie, elle, était véritablement énorme — on aurait dit un château pour chevaux —, et il y avait des cochons regroupés dans un enclos et une chèvre qui bêlait en mâchouillant une haie verte.

« C'est définitivement trop de ferme, se dit Ivy. Le côté positif, c'est qu'il n'y a pas encore de vaches à traire. »

Malgré la présence de tous ces animaux, on vit néanmoins de magnifiques saules plantés un peu partout dans la cour. L'un d'eux surplombait un petit étang dans lequel une famille de canards nageait paisiblement ; on aurait dit une scène tirée d'une toile.

Olivia semblait avoir été déclarée grande gagnante d'un marathon de meneuses de claques ; ses yeux se mirent à pétiller lorsqu'elle détacha sa ceinture de sécurité et sortit de la voiture.

— C'est incroyable ! déclara-t-elle.

— C'est une façon de voir les choses, marmonna Ivy en la suivant et en essayant d'éviter d'écraser le poulet à taches blanches et aux plumes disposées comme une barbe qui la suivait.

C'était un vaste espace ouvert et le vent soulevait la poussière. L'air avait une drôle d'odeur de gazon et de maïs éclaté.

Les deux chiens reniflèrent et l'un deux lâcha un petit jappement. Ils sautèrent ensuite en bas du porche pour aller accueillir les visiteurs, mais reculèrent rapidement lorsqu'ils virent Ivy.

— Salut, leur dit doucement Olivia. Qui êtes-vous ?

Il n'en fallut pas plus pour que les deux grosses boules de poil se dirigent directement vers Olivia pour un bon grattage. Ivy savait que les vampires avaient parfois cet effet sur les animaux, mais cette réaction lui semblait plutôt extrême ; les chiens ne voulaient même pas s'approcher d'elle.

La porte moustiquaire s'ouvrit alors et Rebecca se précipita pour les accueillir. Elle avait de la farine sur les mains et un arôme de pommes la précédait.

— Je viens de mettre le dessert de ce soir au four, dit-elle. J'espère que vous aimez la tarte aux pommes !

— J'adore ça, déclara Olivia en faisant un câlin à Rebecca.

L'un des labradors grogna lorsqu'Ivy tenta de s'approcher pour lui faire également un câlin.

— Gonzo ! Qu'est-ce que tu as ? s'exclama Rebecca en tirant sur son collier. Sois gentil avec Ivy.

Ivy fit un sourire gêné.

— Les chiens ne m'aiment pas trop en général, avoua-t-elle lorsque Rebecca lui fit un câlin.

— C'est absurde, répliqua cette dernière, Gonzo aime tout le monde.

« Ça ne me fait pas vraiment sentir mieux, se dit Ivy, heureuse que le vent ramène ses cheveux devant son visage et que personne ne puisse y lire sa déception. »

— Tu n'étais pas obligé de venir les reconduire, Charlie, dit Rebecca. Ça m'aurait fait plaisir de passer les chercher.

— Ce ne m'a pas dérangé le moins du monde, répliqua monsieur Vega. Et puis, je voulais vraiment voir cet endroit dont Susannah m'avait tant parlé.

Ivy vit Rebecca tressaillir en entendant le nom de sa sœur.

« Elle doit s'ennuyer d'elle tous les jours, se dit Ivy. Je ne sais pas comment je pourrais vivre sans Olivia. »

— J'aurais simplement aimé que sa présence soit plus forte ici, dit Rebecca d'une voix triste. Mais nous étions là il y a si longtemps qu'il me semble que ce ne sont plus que mes souvenirs qui la gardent ici.

Monsieur Vega eut l'air triste lui aussi.

— Parfois, les souvenirs ne sont pas suffisants.

Ivy ne voulait pas que le tout se transforme en funérailles.

— Est-ce qu'on peut aller voir l'écurie maintenant ? demanda Olivia qui ne voulait visiblement pas que leur fin de semaine tourne à la déprime non plus.

« Ce n'est pas ce que j'aurais suggéré, se dit Ivy, mais ça va faire diversion. »

— Bien sûr, répondit Rebecca en s'égayant.

— Je vais vous attendre ici et décharger les valises, dit monsieur Vega.

Ivy songea qu'il ne devait pas se sentir à l'aise avec les animaux lui non plus.

Les trois filles se dirigèrent donc vers l'énorme structure de la taille d'un petit supermarché en faisant craquer la terre et le gravier sous leurs pas.

À l'intérieur, il faisait frais et sombre et un long passage séparait une douzaine de stalles individuelles placées de chaque côté. Deux valets d'écurie les saluèrent de la main; le premier devait bien avoir l'âge de son père alors que le second semblait plutôt en âge d'aller au secondaire. Ils ramassaient tous deux du foin à l'aide d'une fourche.

— Lui, c'est Tom, dit Rebecca en désignant le plus jeune. Et lui, c'est John.

Il y avait aussi une énorme sellerie remplie de selles, de seaux, de couvertures et d'autres choses. Ivy n'avait aucune idée de ce à quoi toutes ces choses pouvaient bien servir.

— Wow, souffla Olivia.

— Nous avons 22 chevaux dans 24 stalles, expliqua Rebecca. C'est beaucoup d'entretien.

Ivy regarda les chevaux le long de l'allée. Chacun d'eux était immense, magnifique et un peu effrayant aussi. Le cheval le plus proche, qui était brun avec la crinière très foncée, piétinait le sol en regardant Ivy avec méfiance.

Elle savait qu'il existait des termes spécifiques pour décrire les chevaux selon leur couleur et leur race, mais elle n'en connaissait aucun.

— Ça, c'est Coco, dit Rebecca en désignant le cheval foncé alors qu'elles circulaient dans l'allée. Et celui-ci s'appelle Amiral.

Amiral était tout noir et ses yeux exprimaient la prudence et la sagesse tout à la fois.

Olivia salua chacun d'eux comme s'ils étaient ses nouveaux meilleurs amis, et ces derniers hennirent doucement en frottant leur museau contre son épaule. Ivy, pour sa part, resta à l'écart, de peur que la scène avec Gonzo se répète.

— Viens, Ivy, dit Rebecca en s'approchant d'un cheval gris qui avait placé son museau au-dessus de la porte de sa stalle. Dis bonjour à Léo ; il est aussi doux qu'un agneau.

Ivy s'efforça de sourire.

« Un agneau trois fois plus grand que moi et dont les sabots martèlent le sol », songea-t-elle.

Rebecca ouvrit la porte de la stalle de Léo, saisit son harnais et l'entraîna dans la large allée. Le cheval secoua sa crinière grise foncée et s'ébroua. Ses sabots piétinaient lourdement le sol et ses yeux fixaient intensément Ivy, qui déglutit avec difficulté.

— N'aie pas peur, dit Rebecca. Tu peux le flatter si tu veux.

«Si Olivia peut le faire, se dit Ivy, et si ma mère pouvait le faire, alors je le peux aussi.»

Elle s'avança timidement et tendit une main tremblotante vers l'avant.

Le cheval fit un pas de côté pour l'éviter et le cœur d'Ivy se fit lourd. Rebecca fit claquer sa langue et Olivia sourit pour l'encourager; Ivy prit une grande inspiration et la bête sembla se calmer un peu.

Ivy tendit le bras de nouveau et, cette fois-ci, parvint à toucher le cou de l'animal. Son poil était court et raide et on pouvait sentir toute la force de ses muscles sous sa peau.

«Wow, se dit-elle. C'est incroyable.»

Ivy avait toujours trouvé que les chevaux étaient de beaux animaux, mais elle n'avait pas eu l'occasion d'en toucher un auparavant.

Bang!

Soudainement, la porte de l'écurie s'ouvrit avec fracas en raison d'une bourrasque de vent, ce qui effraya plusieurs chevaux, dont Léo. Il se cabra en donnant des coups avec ses pattes avant et en agitant brusquement la tête. Rebecca perdit prise sur le harnais et il se rua hors de l'écurie par la porte ouverte.

Ivy bondit en arrière et tomba sur un pilier de bois tandis qu'Olivia plongea dans une pile de foin pour s'écarter du chemin.

Les deux valets d'écurie bondirent sur leurs pieds et se précipitèrent dans la cour pour tenter de rattraper le cheval effrayé.

— Oh mon Dieu, les filles! s'écria Rebecca en se précipitant vers Ivy. Est-ce que ça va?

Ivy fit signe que oui et chercha sa sœur des yeux; Olivia frottait sur ses vêtements pour essayer d'en retirer le foin.

— Je vais bien, confirma-t-elle.

— Léo n'est jamais nerveux d'habitude, dit Rebecca en aidant Ivy à se relever.

« Je sais exactement ce qui le rend nerveux maintenant », se dit Ivy.

Si Rebecca ne se doutait pas une seule seconde qu'Ivy était une vampire, il était évident que son cheval l'avait ressenti. Alors qu'elles se précipitaient vers la porte afin de voir ce qui était arrivé au cheval, Ivy n'avait qu'une envie : continuer de courir, tout comme Léo.

« Je suis un véritable désastre de ferme ambulant! » se dit-elle, désemparée.

CHAPITRE 5

Arrivée au pas de la porte de l'écurie, Ivy fut momentanément aveuglée par l'intensité du soleil. Elle entendit un sifflement aigu et le hennissement d'un cheval, puis ses yeux s'ajustèrent à la clarté et faillirent lui sortir de la tête lorsqu'elle vit son père tenant le harnais de Léo et lui flattant le cou en lui parlant doucement.

« Génial, se dit Ivy. Ce n'est pas une histoire de vampires ; c'est juste moi. Et comment se fait-il que papa sache comment arrêter un cheval emballé ?

Monsieur Vega ramena Léo vers l'écurie.

— Je ne savais pas que tu savais t'y prendre avec les chevaux, lui dit Rebecca.

— Susannah adorait se promener à cheval, répondit-il simplement.

Ivy supposa que c'était aussi parce qu'il était né il y avait près de 200 ans, à l'époque où tout le monde montait à cheval plutôt que sur une motocyclette.

— Qu'est-ce qui s'est passé là-dedans? demanda monsieur Vega.

— Je..., commença Ivy, mais Rebecca l'interrompit.

— Je ne sais pas. Léo s'est simplement emballé, dit-elle.

Monsieur Vega eut l'air inquiet.

— Tu sais que mes filles ne sont pas des cavalières expérimentées.

— Bien sûr, bafouilla Rebecca, et je ne ferais jamais quoi que ce soit pour les mettre en danger.

Monsieur Vega céda Léo au valet d'écurie le plus vieux.

Ivy se sentit encore plus mal; son père et sa tante n'avaient certainement pas besoin d'un nouveau sujet de discorde.

— Je vais vous laisser et retourner à la maison maintenant, dit-il à Ivy et à Olivia. Êtes-vous certaines que tout va bien aller?

« Non! Non, je n'en suis pas du tout certaine! Ramène-moi à la maison. »

C'est ce qu'Ivy avait envie de lui dire, mais il était hors de question qu'elle éloigne Olivia de la ferme alors qu'il était tellement évident qu'elle adorait tout ce qui s'y rattachait. Et puis, Rebecca était la jumelle de sa mère, alors elle s'efforcerait d'endurer tout ça pour passer un peu de temps avec elle.

Monsieur Vega leur fit un câlin et hocha la tête en direction de Rebecca.

— Je viendrai les chercher demain à 18 h. Garde-les en sécurité.

— Tu n'as pas à t'inquiéter, répondit Rebecca avec un sourire forcé.

Ivy pouvait voir la tension dans le corps de sa tante.

Les jumelles lui envoyèrent la main et il s'éloigna dans un nuage de poussière. Ivy le regarda jusqu'à ce que sa voiture ne soit plus qu'un petit point à l'horizon, puis elle se retourna vers le chaos de la foule de poulets, de chèvres, de chiens et de chevaux. Une grosse poule brune s'approcha alors d'elle en picorant le sol, et Ivy aurait juré qu'elle avait gloussé en signe de désapprobation.

— Est-ce que ça va aller pour la suite des présentations ? leur demanda Rebecca. Il y a un cheval particulier que j'aimerais vous présenter.

Olivia déposa sa main sur le bras d'Ivy afin d'obtenir discrètement son approbation.

Ivy n'était pas certaine d'être prête à retourner à l'écurie. Elle ne voulait pas effrayer les chevaux, et elle n'avait aucune envie de s'humilier une fois de plus.

— Le cheval préféré de votre mère est maintenant le doyen de l'écurie. Je commence à penser qu'il est resté simplement pour pouvoir vous rencontrer.

Les yeux d'Ivy rencontrèrent ceux d'Olivia; elles allaient pouvoir rencontrer le cheval préféré de leur mère!

— Votre mère a aidé à mettre Chance au monde, expliqua Rebecca en jouant avec ses deux énergiques labradors. Et ça n'a pas été facile, laissez-moi vous le dire! Les jambes de Chance étaient dans la mauvaise position et il était en danger de mort, mais votre mère a refusé d'abandonner et il a survécu.

Ivy avait encore un peu peur, mais il fallait absolument qu'elle rencontre le cheval qui avait été si important dans la vie de sa mère.

— Oui, je veux voir Chance, lâcha-t-elle enfin.

— Moi aussi, chuchota Olivia.

Elles se rendirent donc à l'arrière de l'écurie et trouvèrent Chance occupé à mâchonner un peu de moulée dans sa stalle, la dernière de toutes. Il était tout blanc, y compris sa crinière, et il était magnifique. Ses grands yeux noirs, remplis de grâce et de dignité, semblaient tout assimiler.

— Il était un champion de saut lorsqu'il était plus jeune, dit Rebecca en désignant plusieurs photos encadrées à l'extérieur de sa stalle. Il a passablement vieilli depuis et nous devons maintenant lui administrer des médicaments tous les jours, mais, à part ça, il n'a pas changé d'un poil.

Ivy en eut le souffle coupé : sur chacune des photos, sa mère, qui avait alors environ le même âge qu'elle, était debout aux côtés de Chance, tenant un trophée ou un bouquet de fleurs, à l'exception d'une photo où l'on voyait simplement sa mère faire un câlin à son cheval.

Ce dernier s'ébroua doucement alors que Rebecca lui parlait en caressant son museau.

— Bonjour, mon beau Chance, dit-elle. Regarde qui j'ai là.

Chance poussa doucement Rebecca de son museau.

— Voici Olivia et Ivy, les filles de Susannah.

— Salut, Chance, dit Olivia.

— Bonjour, chuchota Ivy, soucieuse de ne pas gâcher le moment.

Chance balança la tête dans leur direction et cligna des yeux.

« Pas exactement un accueil des plus chaleureux, se dit Ivy, mais, au moins, il n'a pas tenté de s'échapper. »

— Il sautait toujours plus haut et marchait toujours avec plus de grâce lorsqu'il était avec votre mère. On aurait dit qu'il pensait que Susannah était *sa* mère.

— Dans ce cas, il est presque comme notre frère ! s'écria Olivia.

Chance s'ébroua et Ivy ne sut pas si cela voulait dire qu'il était d'accord ou qu'il trouvait que c'était une idée complètement ridicule.

— Je ne monte plus Chance très souvent maintenant, dit Rebecca. Pas à son âge. Et si on sortait quelques-uns des plus jeunes pour une petite balade ?

— Oh oui, s'il te plaît ! dit Olivia.

— Je crois que je vais me contenter de vous regarder pour le moment, dit Ivy. C'est déjà une victoire pour moi qu'au moins un cheval n'ait pas essayé de se sauver en me voyant, alors je ne voudrais pas pousser ma chance trop loin.

— Ha ha, dit Olivia en riant de son jeu de mots.

Ivy s'assit sur un banc et se balança doucement les pieds tandis qu'Olivia et Rebecca harnachaient leurs chevaux tout en parlant de mors, de pommeaux et de mentonnières. Pour elle, c'était du vrai roumain, mais Olivia semblait tout assimiler sans aucune difficulté.

Pendant qu'Olivia s'occupait de sortir Caramel, un cheval de couleur légèrement dorée, et que Rebecca se chargeait de mener Coco dans la cour pour faire une randonnée, Ivy grimpa sur la clôture et les regarda rire et discuter. Le vent faisait bruisser les feuilles dans le boisé derrière elle et naître des tourbillons de poussière là où les chevaux passaient.

Ivy se sentait définitivement très loin de son cercueil et de sa chambre au sous-sol.

— Quand je te vois comme ça, à cheval sur le ranch, dit Rebecca à Olivia, tu me fais tellement penser à ta mère. C'est comme si je revoyais Susannah à 13 ans.

Olivia rayonna et, bien malgré elle, Ivy ressentit de la jalousie.

« Je ne lui rappelle pas notre mère moi aussi ? » se dit-elle.

— Ivy, regarde-moi ! appela Olivia en poussant Caramel au petit galop.

Ivy la salua de la main. Tout ça semblait venir si naturellement à Olivia et elle semblait si heureuse ; on aurait dit qu'elle ne s'était jamais autant amusée. En temps normal, Ivy se serait contentée de s'asseoir un peu plus loin — surtout pour une activité aussi lapine que de monter à cheval — mais c'était l'endroit préféré de sa mère, alors elle voulait s'en imprégner au maximum.

« J'aimerais qu'au moins une partie de tout ça ait du sens pour moi », se dit Ivy en regardant autour d'elle les cochons qui se roulaient dans la boue en grognant de plaisir.

Les feuilles du grand saule étaient si longues qu'elles formaient comme une tente autour de son tronc. Ivy marcha lentement jusqu'à l'arbre et s'assit en dessous. Elle pouvait encore voir les cavalières de là où elle se trouvait, mais à travers un rideau vert cette fois.

La chanson thème du *Fantôme de l'opéra* se fit entendre depuis son sac et elle en sortit son téléphone. Elle savait déjà que c'était Brendan.

— Comment ça va, la cowgirl ? demanda Brendan avec un faux accent du sud.

Elle soupira. Rebecca et Olivia étaient perdues dans leur propre monde chevalin et ne pouvaient pas entendre sa conversation, alors elle pouvait se permettre d'être honnête.

— Comme une vache sans ses taches, ou un poulet sans ses plumes ; complètement hors de mon élément.

— Oh non, dit Brendan. Ça n'a pas l'air d'aller.

Ivy se détourna en retenant ses larmes.

— J'aurais bien dû savoir que je ne serais pas à ma place ici, mais c'est vraiment décevant quand même.

Elle prit une grande inspiration.

— J'arrive, déclara Brendan, maintenant très sérieux. Où es-tu ?

— Tu ne peux pas ; je suis à des kilomètres et des kilomètres de toi.

Ivy renifla.

— Tu sais, il y a une invention incroyable qui s'appelle la roue, et je suis le fier propriétaire de deux roues.

Ivy sourit. Brendan réussissait toujours à lui remonter le moral.

— En fait, ces deux roues ont même une chaîne et des pédales qui peuvent me mener n'importe où. Maintenant, dit-il, dis-moi où tu es.

Ivy lança un regard derrière elle et vit Rebecca et Olivia se promener côte à côte.

— J'aimerais bien avoir de la compagnie, avoua-t-elle avant de lui donner l'adresse du ranch.

— J'arrive dès que possible, dit Brendan en raccrochant.

Olivia essuya les larmes de ses yeux et continua de hacher. Elle avait toute une pile d'oignons à couper pour assaisonner la soupe aux tomates et aux haricots que Rebecca préparait pour le souper.

Ivy, elle, hachait les tomates du jardin comme un véritable chef et, pour la première fois depuis leur arrivée, Olivia vit sa sœur se détendre. Depuis que Gonzo s'était enfui d'elle, Ivy marchait sur la pointe des pieds, n'osant toucher quoi que ce soit de peur de tout casser.

Mais maintenant, les trois filles étaient assises tranquillement sur de grands tabourets placés autour de l'îlot central situé dans l'énorme cuisine. Il y avait là un panier d'œufs frais posé sur le bord de la fenêtre, des armoires en bois rustique et un énorme four ouvert. Elles étaient entourées d'ingrédients frais destinés à la préparation de la soupe : de la ciboulette, des pommes de terre et des carottes, tous fraîchement cueillis dans le jardin de Rebecca.

— Ivy, tu es une vraie experte avec ce couteau, commenta Rebecca alors qu'elle lavait et égouttait les haricots devant la fenêtre de la cuisine.

— J'aime cuisiner, répondit Ivy. Et ce couteau me rend la tâche très facile ; c'est un Dentcroc, n'est-ce pas ?

Olivia se demanda s'il s'agissait d'une compagnie dirigée par des vampires. Il y en avait de toutes sortes, des magasins pour bébés aux salons funéraires — tous d'apparence on ne peut plus normale, mais dotés d'un département vampirique secret au sous-sol.

— Absolument. Ta mère disait toujours qu'il fallait avoir les bons outils pour bien travailler, répondit Rebecca.

Olivia sentit un comme petit pincement au cœur ; chaque fois que Rebecca disait quelque chose comme ça, c'était comme si un autre morceau du casse-tête se mettait en place. Ça rendait sa mère tellement plus réelle.

— Est-ce que tu pourrais nous raconter une autre histoire sur elle ? demanda Olivia. Du temps où vous veniez ici toutes les deux ?

Rebecca déposa les haricots.

— Je peux te dire qu'elle me taquinait tout le temps parce que je suis végétarienne, et qu'elle était très mauvaise cuisinière. Une fois, elle a essayé de faire des biscuits aux pépites de chocolat et elle a utilisé du bicarbonate de soude au lieu de la farine. Beurk !

Olivia laissa échapper un petit rire.

— Ça devait goûter horriblement mauvais !

— Mais le plus drôle, c'est qu'elle était si déterminée à nous prouver qu'elle

pouvait cuisiner qu'elle a mangé un biscuit au complet en tentant de nous faire
croire qu'il était délicieux, ajouta Rebecca
en souriant.

— Si je me fie à cette tarte aux pommes,
dit Olivia, je dirais que toi, tu sais y faire en
cuisine.

— Merci, répondit Rebecca. Mais, assez
parlé de moi. Je veux tout savoir sur vous
maintenant! dit-elle en commençant à rassembler les ingrédients dans une grande
casserole bleue posée sur la cuisinière.

— Ivy, tu veux commencer?

— Je ne sais pas quoi dire, répondit-elle.

— Alors, je vais le faire pour toi, dit
Olivia en s'approchant avec ses oignons. Ivy
est la meilleure journaliste du journal de
l'école. Elle prend des cours avancés et a lu
plusieurs des grands livres classiques que
je rêve de lire un jour, comme les romans
de Jane Austen.

Rebecca adressa un large sourire à Ivy.

— Ta mère aussi lisait Jane Austen.

— C'est vrai? dit Ivy comme si elle
venait de gagner à la loterie.

Olivia était heureuse de la voir s'égayer
ainsi — enfin, autant qu'un vampire morose
était en mesure de le faire.

— Elle lisait toutes sortes de choses, dit Rebecca. Moi, je ne suis jamais arrivée à les comprendre.

Olivia regarda sa sœur se remettre à hacher les tomates avec deux fois plus d'entrain tandis que Rebecca remuait la soupe avec sa grande cuillère de bois.

— Je me suis toujours demandé…, commença Rebecca, mais sa voix s'affaiblit soudain lorsqu'elle regarda par la fenêtre. Est-ce que c'est…? Mais qui ça pourrait bien être? dit-elle en désignant une silhouette à l'aide de sa cuillère, faisant ainsi tomber un morceau de carotte cuite sur le comptoir.

— Qui?

Olivia ne voyait personne.

— Il y a un voyou vêtu de noir qui rôde autour de mes poulets! s'écria Rebecca.

Ivy se pressa entre les deux filles pour regarder par la fenêtre.

— Il est ici! dit-elle en sautant dans les airs, ses bottes retombant lourdement sur le plancher de tuiles bleues et blanches, avant de se précipiter vers la porte.

— Oh là, dit Rebecca en fronçant les sourcils alors qu'Olivia et elle la suivaient hors de la cuisine. C'est le petit ami d'Ivy, hein?

— Ne t'en fais pas, lui dit Olivia. Ivy est beaucoup trop excitée pour s'offenser du commentaire que tu as fait à propos de son allure de voyou.

— C'est juste qu'il porte tellement de noir, marmonna Rebecca en se précipitant dans le corridor.

Olivia se racla la gorge.

— Tu sais, ce ne sont pas les vêtements qui font de nous des voyous.

Lorsqu'Olivia et Rebecca arrivèrent sur le pas de la porte, Ivy avait déjà sauté au cou de Brendan pour lui faire un énorme câlin tandis qu'il la faisait tournoyer dans les airs.

Il la déposa rapidement lorsqu'il remarqua Rebecca.

— J'espère que ça ne vous dérange pas, Mademoiselle Kendall, dit-il. Je ne resterai pas longtemps. J'ai laissé mon vélo à côté de votre boîte aux lettres.

Il n'avait absolument pas l'air épuisé par sa longue randonnée à vélo, mais c'était là l'un des avantages d'avoir une super force vampirique.

Rebecca se racla la gorge.

— Non, non. Ça ne me dérange pas.

Olivia se demanda si elle disait la vérité, mais elle se dit qu'une fois qu'elle aurait passé un peu de temps avec Brendan, elle verrait au-delà des apparences et comprendrait à quel point il était gentil.

— Merci, tante Rebecca, dit Ivy. Brendan aime… euh… aime beaucoup les chevaux.

Brendan, surpris, leva brusquement la tête, mais se reprit rapidement.

— Les dessiner, dit-il. Pas les monter.

— D'accord, répliqua Rebecca, sceptique. Je vais aller ajouter d'autres haricots à la soupe.

Elle fit un sourire gêné et rentra à l'intérieur.

— Alors, qu'est-ce qui se passe ? demanda Olivia à Ivy et à Brendan.

— Je me sentais comme la troisième roue du carrosse, avoua Ivy. En fait, comme une cinquième roue : toi, Rebecca, Coco et Caramel vous amusiez tellement sans moi.

— Et je voyais bien qu'elle ne s'amusait pas du tout, ajouta Brendan, alors j'ai insisté pour venir. Qui plus est, je voulais absolument être là pour voir ma petite amie jouer les cowgirls !

— Je suis désolée que ça n'ait pas été facile pour toi, dit Olivia, qui se sentit soudainement très mal d'apprendre que sa sœur ne s'amusait pas.

Elle ne voulait pas que l'histoire de la Transylvanie se répète et qu'Ivy se sente à nouveau comme une étrangère dans sa propre famille.

— Ça va, répondit Ivy. Je ne m'attendais pas vraiment à m'éclater avec les chevaux. Au moins, je sais que ma mère et moi avons Jane Austen en commun maintenant.

Alors qu'ils retournaient vers la cuisine, Olivia vit Brendan saisir la main d'Ivy.

« J'aurais dû penser à inviter Jackson », se dit-elle en décidant de lui envoyer un message texte.

Elle sortit son téléphone de sa poche et vit qu'un un message l'attendait déjà : *Gros titre : Franklin Grove 27 % moins cool sans Olivia Abbott. La ville entière attend son retour.*

Elle sourit et répondit : *Les chevaux sont magnifiques. Il faut absolument que tu viennes ici un moment donné. Tu me manques beaucoup.*

Elle s'arrêta un instant, puis termina : *XXX.*

« Je devrais peut-être être moins subtile et écrire *Bisou, bisou, bisou. Et ne laisse pas Garrick me voler mon premier baiser !* » se dit-elle.

— Entrez, appela Rebecca par la fenêtre ouverte de la cuisine. Venez m'aider à terminer la soupe.

Les trois acolytes traversèrent ensemble le corridor menant à la cuisine. L'arôme des oignons avait commencé à parfumer l'air, et Brendan dut se pencher pour éviter de s'assommer sur les casseroles de cuivre suspendues au plafond. Il n'avait définitivement pas l'air à sa place à côté de la nappe à carreaux bleus et rouges qui recouvrait la table de la cuisine.

— Que puis-je faire ? demanda Brendan.

— Oh rien, rien, répondit Rebecca.

Brendan s'assit donc à la table, un peu mal à l'aise.

— Alors, Ivy, Olivia m'a fait un résumé de ta personne, dit Rebecca en coupant un peu de ciboulette au-dessus de la marmite à soupe. Fais donc la même chose pour ta sœur.

Ivy fit semblant de réfléchir très fort.

— Eh bien, c'est une maniaque du rangement, elle est beaucoup trop joyeuse le matin et elle a un don pour la planification de fêtes extravagantes.

Olivia sourit ; Ivy était une grincheuse tellement mignonne.

— Ah oui, et comme tu le sais déjà, elle sort avec la vedette de cinéma la plus connue du monde entier.

Rebecca frappa dans ses mains d'excitation.

— Je sais ! s'écria-t-elle en se retournant vers Olivia. Raconte-moi tout !

Olivia n'eut aucun mal à décrire en détail comment ils s'étaient rencontrés. Mais une petite voix fatigante dans sa tête n'arrêtait pas de lui répéter : « Il ne t'a pas encore embrassée. »

★ 🦇 ★

Ivy et Brendan demeurèrent silencieux tandis qu'Olivia et Rebecca bavardaient de routines, de chevaux et de Jackson. Gonzo et Gibson, les labradors, les observaient depuis leurs paniers assortis situés dans un coin de la cuisine.

— Alors, Brendan, dit Rebecca au cours d'une rare pause dans la conversation. Parle-moi un peu de toi.

Brendan écarta ses cheveux bouclés de son visage.

— Eh bien, euh, il n'y a pas grand-chose à dire. J'aime courir et je suis accro aux sciences, comme mon père — j'adore la chimie, bâtir des choses.

— Est-ce que tu fais des activités parascolaires ? demanda Rebecca.

Brendan secoua la tête.

— Je préfère les activités plus tranquilles.

— Et il est excellent au hockey sur table, ajouta Ivy.

Rebecca n'avait pas l'air impressionnée.

« C'est pas juste », se dit Ivy.

Comparer Brendan à Jackson était comme comparer une couronne mortuaire à un bouquet nuptial.

« Jackson est peut-être le gars le plus extraordinaire aux yeux du monde entier, mais Brendan réussit à me surprendre tous les jours. »

— Tante Rebecca, dit Ivy, est-ce que ça te dérangerait si je prenais une petite marche dans la cour avec Brendan avant qu'il reparte chez lui ? Je te promets qu'on ne dérangera pas les animaux.

Du moins, c'est ce qu'elle espérait.

— Bien sûr, ma chérie.

Rebecca semblait soulagée, et Ivy n'aurait pu dire si c'était parce qu'ils allaient prendre une marche ou parce que Brendan allait bientôt rentrer chez lui.

« Probablement un peu des deux », se dit Ivy.

De toute façon, il était préférable qu'il parte avant le coucher du soleil d'après ce que Rebecca avait dit plus tôt à son père.

— Est-ce que tu veux venir, Olivia ? demanda Ivy.

Olivia secoua la tête et leva son script dans les airs.

— J'allais pratiquer mes répliques de Juliette.

— Oooh ! Est-ce que je peux t'aider ? lui offrit immédiatement Rebecca.

— Bien sûr ! répondit Olivia en lui remettant le document.

Brendan saisit le léger manteau d'Ivy et tous deux se dirigèrent vers le porche avant.

Le soleil était déjà bas et le ciel commençait à prendre une teinte jaunâtre.

— Je pense que ta tante ne m'aime pas beaucoup, dit Brendan alors qu'ils passaient à côté d'un saule qui projetait des ombres dans la cour.

— Elle pensait que tu rôdais autour de ses poulets.

Brendan laissa échapper un petit rire.

— Ils ont l'air vraiment fous, ces poulets.

— Elle ne semble pas beaucoup aimer le noir, poursuivit Ivy. Elle n'aime pas beaucoup mon père non plus, mais elle est très gentille et elle nous a déjà raconté plein de choses que nous ne savions pas sur notre mère. Olivia savoure chaque moment passé avec elle.

Brendan hocha la tête.

— Il y a peut-être des facettes de ta mère qu'Olivia comprend mieux, mais il y a des facettes qui sont juste pour toi aussi.

Ivy songea encore à Jane Austen.

— Tu as raison.

— Et tu es belle, ajouta Brendan en déposant un petit baiser sur son nez. Je ferais mieux de partir avant que le soleil se couche et que mon vélo se transforme en citrouille ou que je me transforme en zombie chasseur de poulets… Grraaarg !

Il leva les mains dans les airs et fit mine de chasser Ivy. Elle se précipita sous les branches du saule, remonta les escaliers et se laissa tomber en riant sur la balançoire du porche.

Brendan l'embrassa, puis s'en alla vers le soleil couchant, comme un cowboy. Ou plutôt, comme un cowboy vampire vêtu de noir enfourchant son vélo.

— Merci d'être venu, lança-t-elle.

Il leva sa roue avant en guise de réponse, faisant s'élever un gros nuage de poussière tout autour de lui. Ivy s'enfonça dans les coussins et se balança doucement en regardant le soleil se coucher. Elle comprenait pourquoi sa mère aimait venir ici : le ranch était magnifique.

Elle aurait voulu avoir son cahier, mais il était en haut, dans son sac à dos ; elle avait l'impression que cette balançoire serait l'endroit idéal pour écrire.

Elle resta assise encore un moment à profiter des couleurs changeantes du ciel, puis Olivia et Rebecca éclatèrent de rire à l'intérieur. Ivy descendit alors de la balançoire pour se joindre à elles. Elle fit un pas en avant, puis son pied heurta une planche surélevée et elle se retrouva face contre terre, étendue de tout son long sur le porche. Ivy se retourna pour regarder par-dessus son épaule et vit qu'elle avait arraché la planche de bois dans sa chute.

« Génial, se dit Ivy. Maintenant, je détruis la maison ! »

Lorsqu'elle se pencha, elle remarqua qu'il n'y avait pas de clous sur la planche, ce qui voulait dire qu'il y avait déjà un bon moment qu'elle était mal fixée. En tentant de la remettre en place, elle comprit pourquoi elle était dans cet état : il y avait quelque chose de caché sous cette dernière. Elle sortit son téléphone cellulaire et utilisa la lumière de son écran pour mieux voir. Elle découvrit alors un journal intime abîmé, enveloppé dans un sac de plastique clair, et vit, en le sortant, que des initiales étaient estampées sur sa couverture.

S. K.

Susannah Kendall.

Ivy prit une grande inspiration.

Elle venait tout juste de trouver le journal intime qui avait appartenu à sa mère biologique !

CHAPITRE 6

Au même moment où Rebecca referma la porte de leur chambre située au dernier étage, Ivy bondit hors du couvre-lit rouge et blanc posé sur le lit qu'elles devaient partager pour la nuit.

— Je meurs d'impatience de te raconter ça depuis une *éternité*! déclara-t-elle.

Olivia fut tellement surprise par son geste qu'elle sursauta très haut et faillit foncer dans les étagères blanches recouvertes de bibelots loufoques, comme des vaches aux couleurs de l'arc-en-ciel et un batteur de tambour africain, qui se trouvaient derrière elle.

Ivy ne s'excitait jamais à ce point, sauf lorsqu'il s'agissait de quelque chose de vraiment, vraiment important.

— Qu'est-ce qu'il y a? lui demanda Olivia.

— Ça, répondit Ivy en lui montrant un sac en plastique sale qui sentait la boue.

— Euh…

Olivia n'avait aucune idée de ce que ça pouvait être.

— Regarde! insista Ivy en approchant le sac de son visage, ce qui eut pour effet de l'effrayer et la faire reculer dans les étagères.

Elle vit néanmoins ce qui avait rendu Ivy aussi excitée qu'une puce. En effet, les initiales qui ornaient la page couverture du livre étaient clairement visibles à travers le sac : S. K.

— Est-ce que c'est ce que je pense? chuchota Olivia.

— Je crois que oui, lui répondit Ivy. C'était caché sous le porche et ça a l'air assez vieux.

— Ça a définitivement plus de 13 ans, convint Olivia.

— Je t'ai attendue avant de le feuilleter, mais…, hésita Ivy, je ne voulais pas le montrer à tante Rebecca tout de suite. Je crois que c'est peut-être trop important pour le partager sans savoir exactement ce qu'il contient.

Olivia fit signe que oui. Son cœur débattait comme si elle venait d'exécuter un saut arrière périlleux.

— On pourra le lui montrer demain.

— Est-ce qu'on peut…? demanda Ivy.

— Est-ce qu'on devrait…? dit Olivia au même moment.

Elles voulaient tellement le lire… Elles *devaient* le lire… pour savoir si c'était vraiment celui de leur mère.

— Vas-y, offrit Olivia. C'est toi qui l'as trouvé après tout.

Ivy tira délicatement sur le sac pour en sortir le cahier ; il y avait un motif de lianes à demi effacé autour des initiales gravées dans le cuir brun de sa couverture.

— Ivy, chuchota Olivia.

Ivy porta cérémonieusement le journal vers le lit. Olivia s'assit à côté d'elle et Ivy ouvrit à la première page du journal ; il était rempli de lignes recouvertes d'une calligraphie étroite.

Première journée au ranch. Vingt-deux jours avant mes quatorze ans.

Ivy et Olivia s'échangèrent un regard ; la dernière fois qu'elles avaient trouvé un journal portant sur le passé de leur famille, il leur avait révélé l'identité de leurs parents biologiques. Olivia savait qu'elles ne découvriraient rien d'aussi énorme, mais ce serait tout de même un précieux souvenir de leur mère.

C'est trop génial ! Maman m'a donné ce nouveau journal lorsque nous sommes arrivés. J'ai décidé de le garder uniquement pour la ferme et de retourner à mes livres de composition lorsque nous serons de retour à la maison. C'est la première fois que j'ai un journal en cuir. Il est magnifiiiiiique !

Rebecca a reçu un nouvel ensemble de peinture, mais elle a dit qu'elle n'aurait pas le temps de peindre. Je gage que c'est vrai. Elle est déjà dans l'écurie.

— C'est trop génial, déclara Olivia.

Les yeux d'Ivy pétillaient.

— Je vais le lire du début à la fin, mais peut-être pas d'un coup.

— On devrait le faire ensemble, dit Olivia.

Ivy hocha la tête.

— Finissons le reste de cette entrée, dit-elle.

Nous sommes ici pour six semaines, mais je n'ai apporté que quatre livres. Je vais demander à maman de m'amener à la bibliothèque. Nous allons manger bientôt je crois. Des burgers sur le barbecue et du maïs. Miam !

Les confessions concernant le maïs ne constituaient certes pas de grandes leçons maternelles, mais Olivia sentait maintenant sa mère plus près d'elle que jamais. Elle avait la nette impression qu'elle était là à leur parler, et ça, ça tenait du miracle.

Le lendemain matin, alors qu'elles se délectaient d'œufs fraîchement pondus et de pain fraîchement cuit, Ivy sortit le journal de son sac. Avant de se coucher, les jumelles avaient convenu qu'elles en parleraient à leur tante au petit déjeuner.

— Oh mon Dieu, dit Rebecca en tendant la main pour caresser la couverture le cuir. Est-ce que c'est…?

Olivia et Ivy hochèrent la tête en même temps.

— Où l'avez-vous trouvé ? murmura-t-elle en éloignant son omelette à moitié mangée.

— Sous une planche, à côté de la balançoire sur le porche, dit Ivy en oubliant complètement ses œufs brouillés.

— Susannah écrivait toujours dans ses journaux lorsqu'elle était assise dans cette balançoire.

La main de Rebecca hésita quelques instants sur la couverture, puis se retira.

— J'ai tellement envie de le lire, mais je n'ai jamais su ce qu'elle écrivait là-dedans — et personne ne veut que sa sœur lise son journal.

Elle se recula dans sa chaise.

— Mais vous deux devriez le lire ; les enfants ont définitivement le droit.

Ivy et Olivia partagèrent un regard coupable.

— Et si vous voulez me poser des questions sur quoi que ce soit, j'essaierai d'y répondre du mieux que je peux.

— Merci, dit Ivy. Nous voulons absolument tout connaître de notre mère.

Elle sentait finalement qu'il y avait une raison pour laquelle elle était venue jusqu'ici.

Rebecca se racla la gorge.

— Les filles, j'espère que vous ne pensez pas que c'est trop, et j'espère que vos parents seront d'accord, mais j'aimerais vraiment que vous reveniez me visiter de temps à autre.

— Moi aussi, dit Olivia sans hésiter.

— Si on laissait le journal ici, dit lentement Ivy, on pourrait peut-être revenir en fin de semaine prochaine pour le lire.

— Ce serait parfait, dit Rebecca en souriant. Et pour m'assurer que ce prochain voyage en vaille la peine, Ivy, je vais te faire monter à cheval.

— Je ne suis pas trop sûre de ça, répliqua Ivy en redirigeant son attention vers sa nourriture.

Elle rompit un petit pain fraîchement cuit et un nuage de vapeur s'éleva de son centre.

— Fais-moi confiance, lui dit Rebecca en souriant. Je n'ai pas encore rencontré quelqu'un que je n'ai pu jumeler avec un cheval.

Ivy força un sourire.

« Ouais, mais combien de vampires as-tu déjà rencontrés ? » songea-t-elle.

Ivy lança sa brosse à dents dans son sac lorsque Rebecca entra précipitamment dans la chambre.

— Votre père remonte l'entrée !

— Oups ! dit Ivy. Je ne suis pas encore prête.

Olivia et Rebecca avaient passé tout l'après-midi auprès des chevaux et, lorsqu'elles avaient commencé à lire le journal de leur mère, Ivy avait complètement perdu la notion du temps.

Les entrées qu'elles avaient lues jusqu'ici parlaient de la façon de prendre bien soin des poulets et des chèvres, du béguin qu'elle avait eu pour un garçon plus vieux à l'école et du fait que l'une des juments — qui allait finalement devenir la maman de Chance — attendait un bébé.

Ivy ramassa une paire de chaussettes qui traînait par terre, referma son sac et suivit Rebecca dans les escaliers, Olivia sur ses talons.

Elles arrivèrent sur le porche au moment exact où leur père sortait de sa voiture, silhouette sombre se détachant sur le coucher de soleil.

— Tu n'avais pas dit 19 h ? demanda Rebecca en écartant les cheveux de son visage.

— J'ai définitivement dit 18 h, répliqua monsieur Vega.

— J'aurais juré que tu avais dit 19 h, dit Rebecca en ramassant le sac d'Olivia et en le portant jusqu'à la voiture.

Monsieur Vega se racla la gorge et prit le sac d'Ivy. Une fois que les valises furent rangées dans le coffre, il dit :

— Je suis certain que tu reverras les filles bientôt.

Rebecca était sur le point de répondre lorsqu'Ivy prit la parole.

— Eh bien, on espérait pouvoir revenir la fin de semaine prochaine.

En disant ces mots, elle se rendit compte que c'était véritablement ce dont elle avait envie. Elle voulait continuer à lire le journal de sa mère, et elle voulait voir si Rebecca pourrait vraiment l'aider à apprivoiser les chevaux.

« J'imagine que j'ai aimé ça ici, après tout, se dit-elle. Enfin, au moins un peu. »

Monsieur Vega fronça les sourcils.

— Oh. Eh bien, euh, pourquoi pas.

— Je te ferai savoir la réponse de mes parents, lança Olivia en entrant dans la voiture.

Lorsqu'Ivy se glissa à ses côtés, elle évita de justesse un colis enveloppé de papier brun.

— Qu'est-ce que c'est?

— Oh, c'est juste un petit quelque chose, dit monsieur Vega.

Ivy envoya la main en direction de Rebecca et de la ferme en guise d'au revoir et se retourna pour regarder son paquet; c'était le nouvel album de Montagne de bœuf, l'un de ses groupes préférés.

— Wow, merci! dit Olivia au même moment.

Elle tenait un livre intitulé *La méthode Stanislavski pour les débutants.*

— Juste un petit quelque chose, répéta monsieur Vega, son visage devenant soudain plus rouge tandis qu'il gardait les yeux rivés sur la route.

Les jumelles s'échangèrent un regard; elles ne recevaient habituellement pas de cadeaux sans raison.

«Est-ce que papa se sentirait menacé?» se demanda Ivy.

Elle se dit alors qu'elle devrait s'assurer d'organiser un souper père/fille cette semaine entre les répétitions. Elle savait très bien ce que c'était de se sentir mise à l'écart et elle ne voulait surtout pas que son père vive la même chose.

— Plus serré, commanda Camilla.

Sophia, qui ajustait le costume de robot d'Olivia, serra davantage son haut doré de type corset, et Olivia crut qu'elle ne pourrait plus jamais respirer.

— Trop serré ! Un peu trop serré ! s'exclama-t-elle.

Elle adorait son costume de Julietron — surtout les bottes dorées qui lui montaient aux genoux — mais ça, c'était trop ! Sophia relâcha un peu le tissu et Camilla fronça les sourcils.

— J'imagine qu'il faut que tu sois capable de dire tes répliques, dit-elle.

« Ouf ! Une chance », se dit Olivia.

— C'est très beau comme ça de toute façon, dit Camilla à Sophia.

Elle portait des pantalons de complet noirs et une chemise à boutons blanche rehaussée de bretelles rouges, bretelles qui étaient devenues sa marque de commerce.

— Et tu es née pour jouer ma Juliette, Olivia.

— Merci ! dirent Sophia et Olivia à l'unisson.

De l'autre côté de la petite loge, Charlotte grognait.

— Née pour embrasser Garrick Stevens, marmonna-t-elle.

Charlotte n'avait manqué aucune occasion de remuer le couteau dans la plaie depuis que les rôles avaient été attribués il y avait de cela plus d'une semaine.

— J'ai besoin d'au moins une autre couche de rembourrage dans le costume de Charlotte, déclara Camilla.

Olivia dissimula son sourire. Le costume bouffant de robot-nourrice de Charlotte, qui était de la taille d'une télévision au départ, était maintenant aussi grand qu'un écran géant de luxe.

— Je ne serai plus capable de bouger ! pleurnicha Charlotte.

Le costume l'enveloppait des genoux jusqu'au cou, alors elle n'avait d'autre choix que de se dandiner pour avancer.

— Fais-moi confiance, lui dit Camilla. Tu vas vraiment avoir l'air d'une vieille femme robot.

— Génial, dit Charlotte. C'est en plein ce que j'espérais.

— Je vais aller voir ce qui se passe avec les garçons, dit Camilla. Tu fais un travail extraordinaire, Sophia.

Sophia rayonnait de fierté.

— Vous deux, dit Camilla à Olivia et Charlotte, vous avez environ cinq minutes pour vous changer et vous rendre au studio pour notre dernière répétition de cadrage.

Lors des dernières rencontres, ils avaient commencé à répéter chacune des scènes en se déplaçant et Camilla leur avait dit qu'elle voulait finaliser le tout aujourd'hui afin qu'ils puissent commencer les véritables répétitions dès le lendemain. Sophia aida Charlotte à se sortir de son costume bouffant.

— Est-ce que tu dirais que Juliette ressemble plus à une gazelle ou à un cygne? demanda Olivia en replaçant soigneusement ses bottes sur l'étagère.

— Je dirais que ta Juliette ressemble plutôt à une oie dorée, répliqua Sophia en ramassant la perruque de robot-nourrice là où Charlotte l'avait lancée. Pourquoi tu me demandes ça?

— C'est à cause du livre sur la méthode Stanislavski que mon bio-papa m'a acheté, expliqua Olivia. On y dit que les acteurs peuvent concevoir leurs mouvements selon ceux des animaux.

— Si c'est le cas, lui chuchota Sophia, alors Charlotte devrait penser aux hippopotames.

Quatre minutes plus tard, lorsqu'Olivia entra dans le studio, elle vit Jackson et Garrick qui répétaient l'une des premières scènes de la pièce. C'était celle qui précédait la rencontre de Romezog et Julietron au bal masqué.

— Ah ! mon doux Romezog, nous voulions que vous dansiez, dit Jackson en faisant semblant de jouer avec les multiples bras qu'il savait présents sur le costume de Garrick.

— Non, croyez-moi, lut Garrick à partir d'un script à l'allure délabrée tout en se tenant immobile. Vous avez tous… euh… la chaussure de bal et le talon léger : moi, j'ai une âme de plomb qui me cloue…

Il s'arrêta pour lever le regard et lâcher un petit rire.

— Clouer, répéta-t-il.

Lorsqu'il vit que personne ne sembla trouver sa blague drôle, il continua.

— Euh… me cloue au sol et m'ôte le talent de remuer.

Camilla semblait sur le point de l'étrangler.

— Garrick, tu resteras pour des répétitions supplémentaires cet après-midi, commanda-t-elle.

— Mais mon groupe est sensé se rencontrer pour une session de musique improvisée ce soir, pleurnicha-t-il.

— Jusqu'à ce que tu ne sois plus dépendant de ton script, dit Camilla, et que tu puisses jouer la pièce au complet sans te tromper, tu seras coincé ici, avec moi, *tous* les après-midi. Maintenant, continue !

Ils poursuivirent et l'estomac d'Olivia se mit à tourbillonner aussi vite qu'un mélangeur de chez Monsieur Smoothie.

Garrick était le Roméo le moins romantique de tous les temps. Il faisait peut-être un bon extraterrestre bourré de tics, mais il n'y avait rien d'attirant à sa peau boutonneuse ni à ses sourires diaboliques. Au moins, elle avait réussi à éviter de l'embrasser jusqu'à maintenant.

En revanche, Jackson était superbe et il récitait ses répliques avec confiance. Il n'avait toutefois pas encore essayé de l'embrasser, et Olivia commençait à craindre de ne pas pouvoir éviter Garrick encore très longtemps.

— J'ai fait un rêve cette nuit, lut Garrick.

— Et moi aussi, répliqua Jackson.

— Eh bien! Qu'avez-vous rêvé?

Garrick ressemblait plus à un enfant grognon qu'à un acteur shakespearien.

— Que souvent les rêveurs sont mis dedans!

Jackson joignit ses mains et les plaça sous son oreille comme s'il dormait, mais en même temps, il mit l'emphase sur la double signification de *mettre dedans*.

« C'est trop injuste! se dit Olivia. Jackson peut évoquer des double sens alors que Garrick ne peut même pas dire correctement ses répliques. Quand je pense à quel point Jackson aurait fait un meilleur Roméo… »

Peu après, Olivia monta sur scène et se plaça près de Garrick pour répéter le moment où Romezog et Julietron se rencontrent au bal et ont le coup de foudre. Des boîtes étaient placées tout autour d'eux afin de représenter les tables et la fontaine de lumières néon qui seraient sur scène lors de la vraie représentation.

Camilla et d'autres membres de la distribution s'étaient assis sur des chaises de plastique pour les écouter.

— Êtes-vous prêts ? demanda Camilla.

— Euh… Wha, ha, ha…

Garrick émit une fois de plus son rire d'hélicoptère.

— Une seconde…

Il mit ensuite la main dans sa poche, en retira un sac à l'allure familière et laissa tomber un peu de poudre dans ses pantalons, puis commença immédiatement à sautiller partout comme une puce. Il se servait encore du poil à gratter pour rester dans son personnage, poussant la méthode Stanislavski à un niveau supérieur.

— Commençons à partir de la sortie de Tybalt ! commanda Camilla.

— Oh ! alors, chère sainte, que les lèvres fassent ce que font les mains, dit Garrick en sautillant avec chaque mot. Elles te prient ; exauce-les, de peur que leur foi ne se change en désespoir, poursuivit-il d'un ton monotone.

Contrairement aux scènes précédentes, Garrick avait appris par cœur toutes ses répliques.

«Sans doute, se dit Olivia, que c'est parce qu'il a lu attentivement les scènes dans lesquelles on s'embrasse encore et encore. Beurk.»

Mais il ne faisait que les réciter, sans aucune émotion. Olivia se demandait si Garrick comprenait vraiment ce qu'il était en train de dire. Olivia devait utiliser toute sa volonté pour demeurer dans la peau de son personnage et ne pas grimacer en lui donnant la réplique.

— Les saintes restent immobiles, tout en exauçant les prières.

— Restez donc immobile, tandis que je recueillerai l'effet de ma prière.

Garrick lui sourit, et Olivia sentit sa bouche s'assécher ; c'était la réplique qui précédait le premier baiser.

— Vos lèvres ont effacé le péché des miennes, dit Garrick en s'approchant d'elle.

Olivia lui fit une bise rapide, mais même ce simple geste lui donna envie de vomir.

— Coupez, coupez ! cria Camilla en agitant les bras. Olivia, tu es beaucoup trop humaine. Tu es sensée être un robot ! Et pourquoi vous ne vous êtes pas embrassés ? Il ne reste plus qu'une semaine avant la répétition en costume. J'ai besoin de voir le vrai amour, la vraie passion.

Olivia en avait des haut-le-cœur; amour, passion? Avec Garrick?

— Répétez ces répliques, répéta Camilla.

Il semblait bien qu'Olivia était à une minute de son tout premier baiser… avec le mauvais gars.

— Mais… mais…, balbutia Olivia.

«Fais quelque chose!» se dit-elle.

Il était trop tard pour faire semblant d'être malade, l'alarme de feu était dans l'autre salle, et Camilla l'assassinerait si elle perturbait sa répétition.

— J'ai quelques problèmes avec mon interprétation, lança Olivia. Est-ce qu'un robot embrasserait vraiment un extraterrestre? Les robots n'ont pas de sentiments.

Camilla hurla quasiment :

— C'est justement ce qui rend tout ça romantique! C'est le but!

Olivia regarda tout autour d'elle en quête d'un soutien quelconque, mais Jackson était sans doute parti faire ajuster son costume, alors qu'Ivy était ailleurs, occupée à peindre des décors et que Charlotte riait dans un coin.

Beurk.

— Je suis complètement d'accord, Mademoiselle Edmunson, dit Garrick, toujours en train de se tortiller à cause du poil à gratter. C'est très romantique.

Il ouvrit grand les bras en regardant Olivia.

— Maintenant, viens ici et donne-moi un gros baiser.

Olivia sentit sa bile remonter dans son estomac. Embrasser un garçon qui mettait du poil à gratter dans ses propres pantalons ! Dégoûtant.

— On ne peut pas simplement s'embrasser, protesta Olivia en s'efforçant de gagner du temps. Tu dois dire tes répliques.

— D'accord. Vos lèvres ont effacé le péché des miennes. Maintenant, viens ici.

Il sautilla vers elle en se tortillant ; il avait une haleine de bacon.

Trois... Deux... Un...

Enfin une idée !

Soudainement, Olivia cria à pleins poumons. Garrick recula et Camilla bondit de son siège. Olivia se sentit un peu coupable, mais, maintenant qu'elle avait commencé, elle ne pouvait plus reculer.

— Ça me démange! Ça me démange partout! hurla Olivia en faisant mine d'avoir d'atroces démangeaisons. Ça doit être sa poudre!

— Oh non! dit Camilla. Vite! Va à la salle de bain!

Elle n'eut pas besoin de le répéter deux fois; Olivia se précipita hors de l'auditorium et se rendit à toute allure en direction de la salle de bain la plus proche. Elle dut prendre quelques instants pour reprendre son souffle, appuyée contre l'évier. Elle en était encore là lorsque Camilla ouvrit la porte.

Olivia tenta de s'emparer d'une pile d'essuie-tout, mais il était trop tard.

— Tu n'avais pas vraiment de démangeaisons, n'est-ce pas? lui demanda doucement Camilla.

Olivia se mordit la lèvre et secoua la tête.

Camilla soupira.

— Je suis désolée. Je deviens vraiment autoritaire lorsque je me mets dans mon rôle de metteure en scène.

— Ce n'est pas une mauvaise chose, répondit Olivia. Jackson trouve que tu es aussi bonne que les metteurs en scène d'Hollywood.

Camilla rougit, puis sauta pour s'asseoir sur le comptoir de l'évier.

— Alors, qu'est-ce qui se passe en vérité?

— Je comprends totalement pourquoi tu as choisi Garrick, mais je ne peux pas l'embrasser 100 fois par jour. Le simple fait d'y penser me donne la nausée; c'est la chose la plus répugnante qui soit.

Camilla réfléchit un moment.

— Pas de problème, déclara-t-elle, donnant ainsi envie à Olivia de pleurer de soulagement. Je peux retirer la plupart des baisers et tu n'auras pas à le faire pour vrai pendant les répétitions.

Olivia faillit crier de joie jusqu'à ce que Camilla conclue :

— Mais il est impossible d'éliminer le baiser de la dernière scène. Tu devras embrasser Garrick une fois pour la représentation officielle.

Olivia soupira.

— Est-ce qu'il y a quelque chose que tu ne me dis pas? demanda doucement Camilla. Je suis peut-être ta metteure en scène, mais je suis aussi ton amie.

Olivia lui avoua alors qu'elle n'avait pas encore embrassé Jackson.

— Ça vaudrait la peine de débrancher mon alimentation, juste pour faire en sorte que mon premier baiser ne soit pas avec Garrick Stevens.

— Hum, dit Camilla. Ça représente vraiment un problème, mais rien qu'un peu de rodage de cyborg ne pourrait résoudre.

— Hein ? répliqua Olivia.

— Il reste environ 10 jours avant la présentation, n'est-ce pas ? demanda Camilla.

— Oui, répondit Olivia.

— Ça veut dire que tu as environ 240 heures pour réussir à obtenir un baiser de ton super mignon cyborg de petit ami, expliqua-t-elle. Probablement plus d'une fois. Comme ça, le baiser de Garrick ne sera rien d'autre qu'un bip sur l'écran radar de l'amour.

Olivia laissa échapper un petit rire.

— Il n'y a vraiment que toi pour dire de telles choses !

Camilla lui fit un clin d'œil.

— Je dois retourner voir les autres, dit-elle en sautant en bas du comptoir. On se voit dans quelques minutes ?

Olivia fit signe que oui et Camilla quitta la salle de bain. Olivia se regarda dans le miroir.

Deux cent quarante heures.

Camilla avait raison. Sa nouvelle mission serait d'obtenir un baiser de Jackson, et ce, à n'importe quel prix.

CHAPITRE 7

— Mais où est-il? demanda Olivia à voix haute en scrutant la foule d'étudiants qui venaient de terminer leurs activités parascolaires.

Elle se trouvait sur la plus haute marche, tout juste à l'extérieur des énormes portes menant à l'entrée principale de l'école, mais elle ne voyait son petit ami nulle part. Elle avait réussi à tenir Garrick à l'écart pendant le reste de la répétition et Camilla l'avait même félicitée lorsqu'elle s'était essayée à des mouvements de gazelle plus robotiques.

Mais lorsque Camilla les avait laissés repartir, Jackson était parti précipitamment, contrecarrant tous ses efforts visant à lancer l'opération « Baiser de cyborg ».

« Le voilà! » se dit-elle.

Il portait un casque avec une visière afin d'éviter de se faire voir par ses admiratrices un peu trop enthousiastes, mais elle avait tout de même reconnu son t-shirt *Eco Warrior*; il débarrait son vélo.

Elle se précipita en bas des escaliers en renversant presque un étudiant de sixième année qui transportait une fragile expérience de laboratoire comportant une grande quantité de tubes de verre et qui sentait les œufs pourris.

— Hé! appela-t-elle.

— Olivia!

Il remonta sa visière et lui sourit.

— Je croyais que tu étais déjà partie.

Elle voulait lui crier de l'embrasser, mais elle devait absolument rester détendue si elle voulait que son plan fonctionne.

— Eh bien non, je suis toujours là.

— Alors, on se voit demain, dit-il en lui faisant un câlin.

— Pourquoi pas maintenant? dit-elle. Je veux dire, pourquoi on ne se verrait pas maintenant?

Jackson eut l'air perplexe.

— Tu veux dire se voir d'une autre façon que je te vois en ce moment?

« Arrgh! Pourquoi est-ce que c'est toujours si compliqué? » se dit Olivia.

— Oui. Je veux dire, veux-tu aller au centre commercial? Pour prendre une collation? As-tu le temps?

— Le temps pour ma magnifique petite amie? dit-il. Bien sûr!

Ils entrèrent dans la foire alimentaire et choisirent une table située dans un coin afin de passer inaperçus, ou plutôt afin que Jackson passe inaperçu.

Olivia se rongeait encore les ongles. Elle avait essayé de l'embrasser pendant le trajet qui les avait menés jusqu'ici, mais comme il avait dû marcher à côté de son vélo, elle n'en avait pas vraiment eu l'occasion. Lorsqu'ils étaient passés près de la fontaine, elle avait cru qu'il allait l'embrasser, mais il ne faisait que regarder les raquettes de tennis dans la vitrine du Sports Selector. Maintenant qu'ils étaient assis, ça allait être encore plus difficile; elle avait toujours trouvé que les tables à la foire alimentaire étaient petites, mais celle-ci lui semblait immense maintenant qu'elle avait l'intention d'embrasser le garçon qui se trouvait de l'autre côté.

« Je vais presque devoir sauter par-dessus la table pour pouvoir l'atteindre ! » se dit-elle.

— Est-ce que ça va ? lui demanda Jackson.

— Quoi ? répliqua Olivia. Je veux dire, oui, ça va bien.

« Bon, est-ce que je devrais passer par-dessus les frites ou autour de la bouteille de ketchup ? » se demanda-t-elle.

— Est-ce que tu te sens faible ? lui demanda Jackson en la regardant de plus près. On dirait que tu te balances d'un côté à l'autre.

— Ha !

Olivia essaya de rire de façon noncha-lante afin de dissiper ses inquiétudes, mais elle se heurta contre la salière et la poivrière et les fit tomber sur le sol.

— Tout va très bien ! dit-elle, ne t'en fais pas.

« Tu ne peux pas être heureux que j'embrasse Garrick avant toi ! se dit Olivia. Alors, pourquoi tu ne m'embrasses pas ? Ça rendrait les choses tellement plus faciles ! »

Elle mit alors ses mains sur la table, se leva légèrement de sa chaise, se pencha vers lui et… heurta le plateau de gâteaux et de sodas que portait la serveuse venue leur apporter le reste de leur commande.

Ça ne fit pas mal, mais il y eut un vacarme super gênant. Jackson se retrouva trempé de soda et Olivia fut recouverte de gâteau.

— Oh mon Dieu, je suis vraiment désolée, dit-elle à Jackson et à la serveuse.

Cette dernière leur tendit des serviettes et Olivia souhaita disparaître.

— Hé, tu es Jackson Caulfield, n'est-ce pas ?

Recouvert de soda collant, le pauvre Jackson lui adressa un faible sourire.

— Ouais, c'est moi ! dit-il avant de lui autographier une serviette de table. Je pense que je ferais mieux de rentrer chez moi et de prendre une douche, dit Jackson après que la serveuse les eut quittés en sautillant pour aller montrer son trophée à ses amies.

— Oui, oui, bien sûr, balbutia Olivia, le visage rougissant de plus en plus.

La seule chose qu'elle avait véritablement envie de lui dire était : « Embrasse-moi, idiot ! »

Il lui fit un câlin maladroit pour la saluer et se dirigea vers la sortie.

— Ça n'aurait pas pu être pire, dit Olivia pour elle-même en enfouissant sa tête dans ses mains

— Monter à cheval est beaucoup plus glamour que je le croyais, conclut Ivy en s'admirant dans le miroir.

Rebecca lui avait donné une paire de pantalons équestres noirs, des jodhpurs, et des bottes de cuir qui lui allaient aux mollets.

— Ce look fonctionnerait définitivement pour moi, en autant que le cheval ne soit pas un accessoire indispensable.

— Ne t'en fais pas, Ivy, lui dit Olivia, qui portait un ensemble similaire, mais de couleur pâle, et qui sautait d'excitation sur le lit tandis qu'Ivy s'habillait. Ça va être génial!

C'était samedi matin et les filles étaient de retour au ranch de Rebecca, à Beldrake, pour la toute première leçon d'équitation d'Ivy. Cette dernière avait accepté, à contrecœur, de laisser le journal de leur mère dans leur chambre en faisant promettre à Olivia qu'elles pourraient le lire dès la fin de leur leçon.

Rebecca passa sa tête dans l'embrasure de la porte.

— Êtes-vous prêtes ? demanda-t-elle. Nous devons avoir fini pour 11 h.

Lorsqu'elles étaient arrivées, elle les avait averties que le ranch avait accepté une réservation de dernière minute pour une randonnée de groupe. C'était l'une des façons qu'elle avait trouvé pour subvenir aux besoins de tous ses chevaux, et les invités devaient être là vers midi.

— Il y aura beaucoup de débutants lors de cette randonnée, alors une fois qu'on aura montré les bases à Ivy, vous pourrez nous accompagner, leur avait dit Rebecca.

Ivy, elle, n'en était pas convaincue. Mais elle était là, habillée comme si elle avait fait de l'équitation toute sa vie. Elle prit une grande inspiration.

— Je suis bien prête à essayer, mais juste une fois.

Les trois filles descendirent bruyamment les escaliers et se dirigèrent vers l'écurie.

Ivy essayait de contenir sa peur tout en s'efforçant de ne pas effrayer les bêtes, mais les chevaux commencèrent immédiatement à piétiner pour s'éloigner d'elle et à s'ébrouer.

— Je devrais peut-être attendre à l'extérieur ? demanda-t-elle avec espoir.

Rebecca lui lança un regard compatissant.

— D'accord. Je vais préparer le cheval pour toi. Il faut juste te trouver le bon casque.

Ivy en essaya plusieurs dans la sellerie jusqu'à ce que Rebecca soit satisfaite, puis elle sortit de l'écurie. Lorsque Rebecca et Olivia la rejoignirent, elle vit qu'elles avaient choisi d'amener Coco, Caramel et une jument qu'Ivy n'avait encore jamais vue et qui s'appelait Topic. Elle était d'un brun clair, à l'exception de sa crinière, de sa queue et de ses jambes qui étaient entièrement noires. Elle avait aussi une tâche blanche sur le front.

— Elle est douce et très tolérante, lui dit Rebecca.

« Tu veux dire qu'elle est énorme, oui », se dit Ivy.

Rebecca lui montra comment tenir les rênes pour guider le cheval.

— Maintenant, tiens-la ici, sous le menton, et garde ton bras tendu pour qu'elle ait de l'espace pour marcher à côté de toi.

Ivy prit une grande inspiration et s'empara des rênes de cuir. Elle regarda directement dans les énormes yeux de Topic comme pour lui dire : « S'il te plaît, ne panique pas ! »

Topic s'ébroua un peu, puis continua d'avancer, menant Ivy derrière elle. Elle traversa donc la pelouse et le gravier et se rendit jusqu'au manège extérieur, impressionnée et un peu nerveuse de se retrouver si près d'une créature si forte.

« Jusqu'ici, tout va plutôt bien », se dit-elle.

Elle entra alors dans le manège délimité par une large clôture blanche. Malgré le soleil éblouissant et l'absence de nuages, elle ne put s'empêcher de penser au cavalier sans tête poursuivant ses victimes sur son cheval terrifiant.

— Beau travail ! dit Rebecca avec un grand sourire. Alors, comment c'était ?

— Euh… moins pire que je l'aurais pensé, dit Ivy.

Mais si marcher à côté d'un cheval était une chose, le monter en était assurément une autre ; aussi redoutait-elle la prochaine étape.

— Oh, parfait, dit Rebecca. C'est le temps de monter !

Ivy lui adressa un sourire faible.

— Ça va bien se passer, lui dit Olivia. Dis-toi que c'est comme une motocyclette.

Ivy avait toujours voulu monter sur une grosse motocyclette noire et se vêtir de cuir. Peut-être que ça ne serait pas si différent au fond. Elle serait simplement plus haute, sur une créature vivante qui pourrait décider de la faire tomber à tout moment.

— Olivia va tenir la tête de Topic pour la garder droite et je serai là pour t'aider moi aussi, dit Rebecca.

Olivia parlait doucement à Topic tandis qu'Ivy s'efforçait de rassembler tout son courage.

— Tout d'abord, prends les rênes dans ta main gauche et, avec la même main, prends une mèche de sa crinière.

— Vraiment ? dit Ivy en suivant prudemment ses instructions. Ça ne lui fera pas mal ?

— Non, non, lui assura Rebecca. Tu ne mettras pas de poids dessus. Maintenant, mets ton pied gauche dans cet étrier et empoigne la selle juste ici avec ta main droite. Prête?

Ivy avait envie de crier «Non, non, non!», mais elle se contenta plutôt de hocher la tête.

— À trois, tu vas balancer ta jambe droite par-dessus la selle. Essaie d'atterrir délicatement et de ne pas frapper le cheval avec ta jambe.

Rebecca lui sourit et l'idée que ce moment aurait été parfait pour se retrouver avec sa mère lui traversa l'esprit.

— Tu es capable.

Ivy ferma les yeux, et Rebecca et Olivia firent le décompte ensemble.

— Un, deux, TROIS!

Ivy se hissa et balança sa jambe par-dessus la selle.

Lorsqu'elle ouvrit les yeux, elle fut surprise de voir qu'elle avait réussi.

— Sacrée obscurité, murmura-t-elle.

Topic changea de position et Ivy ressentit une énorme montée d'adrénaline; elle avait réussi! Elle faisait de l'équitation! Bon, techniquement elle était simplement assise sur un cheval immobile, mais elle n'avait jamais pensé pouvoir se rendre aussi loin dans le processus, alors c'était déjà toute une victoire. Puis, elle regarda le sol et vit qu'elle se trouvait pas mal en hauteur.

Gloups.

— Parfait ! lui dit Rebecca. Olivia, monte toi aussi ; nous allons faire une petite randonnée.

Olivia monta sans difficulté sur Caramel et Ivy se sentit mieux en ayant sa sœur auprès d'elle. Rebecca commença à faire marcher Topic le long de la piste, et Ivy fut émerveillée de voir que la jument ne semblait pas du tout se soucier de sa présence. Elle n'avait aucune idée de quoi faire ni de comment la diriger, mais Topic ne s'était pas emballée et elle n'avait pas paniqué. La cadence régulière des pas de la jument était apaisante, mais Ivy sentait son cœur battre à tout rompre. Elle avait une vue légèrement différente de la ferme de là où elle se trouvait. Les poulets désapprobateurs lui semblaient soudainement plus petits et l'écurie de bois sombre ne paraissait plus aussi menaçante.

— Je vais la lâcher maintenant, dit Rebecca. Utilise les rênes pour diriger son museau dans la direction que tu veux qu'elle prenne.

Ivy sentit la bride de cuir dans sa paume.

«Est-ce que c'est vraiment aussi facile que ça?» se demanda-t-elle.

Elle tira un peu vers la gauche et Topic obéit.

— Wow, s'étonna Ivy.

Tom et John, les valets d'écurie qui la regardaient depuis l'autre côté de la clôture, l'applaudirent.

— Vas-y, Ivy! appela John. Tu es née pour être une cowgirl!

— Tu me comprends maintenant? demanda Olivia, qui se trouvait derrière elle.

Ivy fit signe que oui. Tout d'un coup, au lieu de voir une multitude de chevaux démoniaques, elle s'imagina galoper dans d'immenses champs verts.

— Je t'avais dit que je n'avais jamais failli à trouver un cheval à un cavalier! dit Rebecca.

Mais, au même moment, Topic s'emporta et fit quelques pas de côté; Ivy n'avait pourtant rien fait.

— Qu-quoi?

Topic hennit et piaffa.

— Doucement.

La voix de Rebecca se fit entendre, mais Topic commençait déjà à s'emballer.

— Doucement !

Ivy paniqua ; sa bouche s'assécha et elle eut de la difficulté à respirer.

— Qu'est-ce que je fais ? hurla-t-elle en tirant sur les rênes de Topic.

— Reste calme ! lui dit Rebecca. Doucement, Topic !

Topic émit un hennissement féroce et se cabra ; Ivy ne put garder l'équilibre et tomba sur le sol. Elle atterrit lourdement sur le côté et hurla lorsqu'une douleur lancinante s'empara de sa cheville.

— Ivy !

Olivia se précipita à ses côtés tandis que Rebecca rattrapa les rênes de Topic, qui était toujours prise de panique.

Ivy tenta de se retenir, mais elle fondit en larmes.

— Je crois que je ne suis pas faite pour l'équitation, dit-elle à Olivia.

Cette dernière ne sut pas quoi lui répondre et lui fit un énorme câlin pour la réconforter.

— Est-ce que ça va ? dit Rebecca, qui avait confié la jument à Tom pour venir s'occuper d'Ivy.

— Ma cheville, répondit-elle.

Topic émit un hennissement plaintif qui ressemblait à des excuses tandis que Tom l'amenait de l'autre côté de la cour. Rebecca retira délicatement la botte d'Ivy et regarda sa cheville.

— Elle ne semble pas être cassée. Penses-tu pouvoir tenir debout ?

Ivy se leva et mit son poids sur son pied ; ça faisait mal, mais ce n'était pas insupportable.

— Je crois que c'est seulement une petite foulure, dit Rebecca. Je suis tellement désolée, j'aurais dû rester plus près de toi, mais tu semblais aussi à l'aise que ta sœur.

Ivy renifla.

— Je crois que les chevaux et moi, on fait deux.

— Ne dis pas ça, lui chuchota doucement Rebecca. Je sais que c'était effrayant, mais tu n'as rien fait pour faire peur à Topic.

Ivy avait cependant bien de la difficulté à s'en convaincre.

— Regarde, insista Rebecca en lui montrant le sol près du bord de la piste, là où se trouvait Ivy quelques instants plus tôt.

Une maman canard et ses trois canetons se dandinaient sous la clôture.

— Topic a eu peur des canetons? demanda Ivy, perplexe.

Cela aurait été drôle si elle n'avait pas tant tenu à ce que tout se passe bien.

— Je sais que ça peut sembler invraisemblable, mais les chevaux peuvent avoir peur de beaucoup de choses, répondit Rebecca. Écoute, allons à l'intérieur pour soulever un peu ton pied. Nous essaierons de nouveau une autre fois.

Ivy frotta sur ses vêtements pour en retirer la poussière. Elle avait essayé l'équitation une fois et cela lui suffisait amplement. Alors qu'elle boitait vers la maison, elle se rendit à l'évidence qu'elle ne serait jamais une cavalière aussi douée que sa mère.

★ 🦇 ★

Ivy s'assit dans la balançoire située sur le porche, la jambe surélevée et son journal sur les genoux. Elle essayait d'écrire un sonnet pour son cours d'anglais, mais ça n'avançait pas très vite pour le moment. Elle n'avait même pas eu la chance de regarder le journal de sa mère avec Olivia avant que celle-ci reparte avec Rebecca, Tom et John pour la randonnée.

Ivy était donc coincée à la ferme avec une cheville meurtrie. Comme les autres ne seraient pas de retour avant des heures, elle décida d'envoyer un message texte à Brendan : *Cowgirl chante le blues. Aurait besoin d'un garçon citadin pour changer de refrain.*

Brendan lui répondit presque immédiatement : *Je monte sur mon destrier de fer. Yah !*

Au bout d'un long moment, elle vit un petit nuage de poussière remonter la longue allée. Elle voulut courir pour aller accueillir son sauveur, mais elle ne réussit qu'à faire quelques petits pas en boitant. Brendan freina brusquement et dérapa en demi-cercle pour finalement s'arrêter au beau milieu de la cour. Avant même de dire un seul mot, il leva son téléphone dans les airs, leva le volume au maximum et fit jouer la chanson *I wear my sunglasses at night.*

— Fini le blues de la cowgirl, dit Brendan.

Puis, il lui fit un énorme câlin.

— Attention à ma cheville ! poussa Ivy d'un ton aigu, toutefois fort heureuse de l'avoir auprès d'elle.

Brendan la prit dans ses bras et la porta jusque sur le porche. Il la déposa doucement sur les coussins de la balançoire et se fit une petite place à ses côtés. Elle lui expliqua ce qui lui était arrivée plus tôt.

— Je suis désolé que tu te sois fait mal, mais je suis très impressionné que tu aies osé monter à cheval.

— En fait, ça allait plutôt bien, dit Ivy en se balançant doucement, jusqu'à l'incident caneton.

Brendan laissa échapper un petit rire.

— Tu dois être vraiment déterminée à établir un contact avec ta mère pour avoir accepté de monter sur un cheval.

— C'est exactement ça, le problème, répliqua Ivy. Même mon père sait y faire avec les chevaux ; c'est évident que c'est moi le mouton noir de la famille.

— Il n'y a pas de mal à ça, dit Brendan. Tu es très belle en noir.

— Ouais, mais si..., commença Ivy, qui avait passé la matinée à réfléchir à différentes choses. Et si elle était vivante et qu'elle ne me comprenait pas ?

Brendan l'arrêta au beau milieu de son élan.

— Ne sois pas ridicule, Ivy. Tu es sa fille et elle t'aimerait de tout son cœur. De toute façon, elle devait bien aimer le noir puisqu'elle aimait ton père. Maintenant, je veux voir ces canetons si terrifiants, dit-il en l'aidant à se lever et en lui adressant un large sourire. Sens-toi libre de prendre appui sur moi si tu as besoin de support.

Ivy le dirigea lentement vers l'étang, là où les trois canetons jaunes cancanaient derrière leur mère ; à eux quatre, ils formaient une petite famille heureuse et bien ordonnée. Ivy soupira ; sa famille ne serait jamais comme ça.

Elle entendit alors un cheval hennir doucement depuis l'écurie.

— Je croyais que tous les chevaux étaient partis rassembler le bétail, dit Brendan.

— Tous sauf Chance, répliqua Ivy. Et c'était une randonnée.

— Chance était le cheval de ta mère, n'est-ce pas ? demanda Brendan.

Ivy fit signe que oui et Brendan la regarda.

— Est-ce que tu veux entrer ? lui demanda-t-il.

Ivy réfléchit un instant. Chance n'avait pas reculé devant elle lorsqu'ils s'étaient rencontrés pour la première fois, et Rebecca insistait pour dire que c'étaient les canetons qui avaient dérangé Topic. Elle pouvait peut-être entrer et parler avec le cheval. De toute façon, elle se sentait en sécurité avec Brendan à ses côtés.

— Allons-y, convint-elle enfin.

Ils entrèrent donc dans l'écurie ; l'arôme du foin emplit leurs narines tandis qu'ils avançaient à pas lourds sur le plancher de bois. Chance hennissait toujours.

Ivy s'approcha très, très prudemment de la porte de sa stalle et Chance sortit sa tête pour voir qui était là, puis secoua sa crinière.

— Il te dit bonjour, affirma Brendan.

Ivy se souvint qu'Olivia avait chuchoté aux chevaux et décida de faire de même.

— Bonjour, Chance, dit-elle doucement. Je n'aurai pas peur de toi si tu n'as pas peur de moi.

Brendan resta à ses côtés tandis qu'elle étendit sa main pour toucher le museau du cheval. Chance demeura immobile, agitant seulement sa queue ; on aurait dit qu'il attendait quelque chose.

Ivy jeta alors un coup d'œil aux photos de sa mère sur le mur. Sur l'une d'elles, elle avait posé son bras autour de Chance, comme pour lui faire un câlin.

— Si je fais un câlin à Chance, chuchota Ivy à Brendan, ce sera presque comme si je faisais un câlin à ma mère.

Ivy prit une grande inspiration; elle se préparait à s'approcher. Elle saisit doucement une longe suspendue à un crochet tout près et ouvrit la porte de la stalle. Elle se faufila du côté gauche de Chance en passant sa main sur son magnifique cou blanc, ce qui ne sembla pas le déranger le moins du monde. Elle fixa ensuite la longe à son harnais et l'empoigna, tout comme elle avait fait plus tôt avec Topic.

Chance fit un pas dans l'allée, puis un autre.

— Il est magnifique, dit Brendan.

Ivy hocha la tête en lâchant légèrement prise sur la longe tandis que Chance sortait de la stalle par lui-même.

— Doucement, doucement, dit Ivy. Ne t'en vas pas. Nous ne partons pas.

Mais Chance semblait croire que c'était à son tour de sortir prendre une marche. Ivy savait toutefois pertinemment qu'elle ne pourrait pas le manier à l'extérieur de l'écurie.

— Oh non, chuchota Ivy. Je n'aurais probablement pas dû ouvrir la porte.

Elle tenta de réprimer sa panique en songeant à la façon dont elle allait s'y prendre pour ramener Chance dans sa stalle. Elle tira sur la longe pour tenter de le faire pivoter.

— Chance, chantonna-t-elle. Reviens par ici.

Elle tenta de tirer sur la longe, mais chaque fois qu'elle tendait la main pour amadouer le cheval, il reculait davantage vers le mur. Ivy se déplaça vers un côté et Brendan de l'autre, histoire d'essayer de lui bloquer la route, mais Chance ne sembla pas apprécier du tout.

Il hennit et se cabra, ses yeux roulant dans tous les sens, puis arracha la longe des mains d'Ivy. Elle se précipita pour la rattraper, tout comme Brendan, mais cela ne fit qu'aggraver les choses. Chance secoua la tête et se cabra de nouveau, à quelques centimètres d'Ivy. Elle recula d'un pas chancelant, trébucha et réussit à s'écarter du chemin, évitant de justesse de se faire piétiner. Elle avait des cheveux plein le visage et hurla :

— Chance, attends !

Mais c'était peine perdu ; il galopait déjà en direction de la porte de l'écurie.

Elle bondit alors sur ses pieds, tolérant difficilement la douleur irradiant de sa cheville, pour voir que Chance galopait à toute allure en direction des arbres situés de l'autre côté du ranch. Cette fois-ci, il n'y avait personne pour le ramener.

— Oh, non, qu'est-ce que j'ai fait ? gémit Ivy, les yeux remplis de larmes.

CHAPITRE 8

Olivia se trouvait à la tête du groupe de visiteurs tandis que Rebecca leur faisait remarquer les caractéristiques du sentier et aidait les cavaliers moins expérimentés qui avaient besoin d'encouragements. Olivia adorait monter Caramel et la journée, fraîche et ensoleillée, était idéale pour faire une visite le long de la rivière et à travers la forêt.

Rebecca lui avait dit qu'elle n'avait qu'à suivre les flèches vertes, ce qui était plutôt facile et, après une randonnée d'une durée d'environ deux heures qui les avait fait passer devant une magnifique chute, ils étaient de retour au ranch.

Olivia avait eu beaucoup de temps pour songer à son opération « Baiser de cyborg », qui avait échoué en grand jusqu'à maintenant. Elle ne pouvait croire que Jackson ne l'avait toujours pas embrassée! Ivy disait qu'il attendait sûrement le bon moment, mais c'était mieux d'arriver bientôt! «Ou je devrai embrasser Garrick en premier!» se dit Olivia avec un frisson.

Alors qu'elle ramenait Caramel à l'écurie, elle vit Ivy et Brendan qui lui envoyaient frénétiquement la main. Elle poussa alors Caramel au galop et l'arrêta brusquement lorsqu'elle arriva près d'eux. Le visage d'Ivy était sillonné de traces laissées par ses larmes et Brendan avait l'air encore plus sérieux que d'habitude.

Olivia descendit immédiatement de son cheval.

— Qu'est-ce qui se passe?

— C'est Chance, lança Ivy. Chance s'est échappé!

— Oh non! dit Olivia en se retournant brusquement pour regarder dans la direction qu'Ivy lui indiquait, près du petit bois.

Olivia savait qu'un cheval domestique était très vulnérable dans la nature, tout particulièrement lorsqu'il était aussi vieux que Chance.

— Tante Rebecca! appela-t-elle depuis l'autre côté de la cour.

Tom et John ramenèrent les visiteurs à l'écurie, et Rebecca vint rapidement les rejoindre.

— Que s'est-il passé? demanda-t-elle en gardant une main ferme sur les rênes d'Amiral, qui se pavanait avec aisance.

— C'est entièrement ma faute, dit Brendan. J'ai ouvert la porte de la stalle de Chance et il s'est sauvé dans le bois là-bas.

Olivia lança un coup d'œil à Ivy, qui semblait totalement démolie. Elle se demanda s'il y avait plus que ce que Brendan leur disait.

— Ça fait combien de temps? questionna Rebecca.

— Environ une demi-heure, dit Ivy, de nouveau en larmes.

Rebecca dévisagea Brendan de haut en bas, confortablement installée sur le dos d'Amiral, comme un général d'armée se retrouvant face à un déserteur.

— Je crois qu'il est temps que tu retournes chez toi.

Olivia se sentit très mal pour lui, car elle savait qu'il n'aurait jamais fait une telle chose délibérément. Ivy commença à sangloter et Brendan lui chuchota quelque chose.

— Je suis vraiment désolé, Mademoiselle Kendall, et j'espère que vous retrouverez Chance rapidement.

Il serra Ivy très fort dans ses bras, puis retourna à son vélo.

— John et Tom vont faire entrer les autres chevaux dans l'écurie et moi, je vais partir à la recherche de Chance immédiatement, dit Rebecca. J'espère qu'il n'est pas allé trop loin ; il doit prendre des médicaments tous les soirs. Olivia, est-ce que tu peux m'aider ?

Olivia fit signe que oui.

— Qu'est-ce que je peux faire ? demanda Ivy. Il faut que je trouve une façon de vous aider.

Rebecca lança son téléphone cellulaire à Ivy.

— Appelle tout le monde qui se trouve sur ma liste de contacts et raconte-leur ce qui s'est passé. Tous ceux qui pourront aider le feront, j'en suis certaine, dit-elle en lançant un regard compatissant à Ivy. Ivy, ne te culpabilises pas, ce n'est pas ta faute, conclut-elle en se dirigeant vers les gens rassemblés.

— Ne t'en fais pas, dit Olivia à sa sœur, nous allons le retrouver.

Elle se retourna pour remonter sur Caramel, mais Ivy saisit son bras.

— Ce n'était pas Brendan, avoua Ivy. C'était moi.

Olivia en eut le souffle coupé.

— Ça n'a plus d'importance maintenant, répliqua-t-elle. L'important, c'est que tout va bien aller.

L'idée de savoir que Chance était seul dans les bois inquiétait vivement Olivia. Ivy hocha la tête et boîta jusqu'à la balançoire sur le porche en tenant le téléphone de Rebecca comme une bouée de sauvetage. Olivia balança sa jambe par-dessus Caramel et rejoignit Rebecca, qui donnait des directives à Tom et à John.

Rebecca salua les visiteurs aux cheveux gris vêtus de flanelle.

— Merci beaucoup d'être venus ; j'espère que vous vous êtes bien amusés.

Puis, elle dit d'une voix plus douce :

— Allons-y, Olivia.

Elles galopèrent alors vers le bois en direction de l'endroit qu'Ivy avait désigné, puis ralentirent pour tenter de trouver des indices.

— Par ici, dit Rebecca, les branches sont brisées.

Les chevaux s'avancèrent avec prudence parmi les arbres ; on entendait le craquement des feuilles et des petites branches sous leurs sabots.

— Il y a quand même du positif dans tout ça, dit Rebecca en brisant le silence. Ce n'est plus l'hiver et Chance n'était pas complètement équipé. Ça aurait été bien pire s'il avait eu des rênes qui auraient pu s'emmêler dans les branches. Et puis, c'est un cheval intelligent qui connaît bien les environs.

Ce n'était pas d'un si grand réconfort, mais Olivia se sentit tout de même un peu rassurée.

— Les chevaux aiment les gens et les choses familières, continua Rebecca. S'il sent la présence de chevaux qu'il connaît ou qu'il entend ma voix, il va revenir vers nous.

Olivia caressa doucement le cou de Caramel.

— Je suis contente que tu sois avec moi, lui chuchota-t-elle.

Elle ne l'avait monté que quelques fois, mais elle aimait déjà profondément ce cheval et elle imaginait sans peine ce que Rebecca devait ressentir pour Chance.

Olivia éloigna une branche de son visage.

— Je me sens tellement mal. Si nous n'étions pas venues…

— Ne dis pas ça, l'arrêta tout de suite Rebecca. Vous deux êtes la seule famille qui me reste et c'est merveilleux de vous avoir ici. Mais ce Brendan…

Olivia était déchirée. Elle ne pouvait pas trahir la confiance de sa sœur et dire la vérité sur la façon dont Chance s'était échappé, mais elle ne voulait pas que Rebecca ait une mauvaise opinion de lui.

— Brendan est vraiment une très bonne personne, dit Olivia. Il est parfait pour Ivy et il la traite si bien.

«Sans compter qu'il est incroyablement brave et loyal envers elle; il a tout de même revendiqué l'entière responsabilité de l'incident», se dit Olivia.

— Hmm…, fit Rebecca en changeant de sujet. Je crois qu'on a perdu notre piste.

Elles étaient ressorties par l'un des nombreux sentiers qui menaient hors du boisé; il s'étendait le long d'une haute clôture et le sol était recouvert de tant de traces de sabots différentes qu'il était impossible de savoir s'il y en avait une qui appartenait à Chance.

— Qu'allons-nous faire maintenant ? demanda Olivia.

— Nous allons continuer encore un peu, puis nous allons retourner au ranch pour coordonner une opération de groupe.

Olivia hocha la tête. Elle était prête à faire n'importe quoi pour retrouver Chance — pour Rebecca et pour sa bio-maman, mais aussi, et plus encore, pour sa sœur.

★ 🦇 ★

« C'est tout ce que je peux faire pour le moment », se dit Ivy en refermant son ordinateur portable avec tristesse.

Elle avait parcouru Internet à la recherche de conseils concernant les chevaux égarés et elle avait trouvé d'excellents sites Web. Une femme avait, par exemple, réussi à convaincre l'école de police de sa région d'organiser un exercice d'entraînement dans les bois, là où elle avait perdu son cheval, et une autre personne avait demandé à quelques pilotes amateurs près de chez elle de survoler les boisés environnants. Ivy était prête à tout pour retrouver Chance et elle avait décidé de faire une série d'appels dès le lendemain matin.

— Tu as fait tout ce que tu pouvais, lui dit Olivia, épuisée d'avoir passé cinq heures à chercher.

Ivy, elle, avait passé son temps à téléphoner à toutes les personnes que tante Rebecca connaissait et à mettre sur pied une équipe de recherche de 30 personnes dès les premières lueurs de l'aube.

— Je ne me suis jamais sentie aussi misérable.

Sa cheville l'élançait et elle avait l'impression que ses jambes étaient faites de plomb tandis qu'elle enfilait son pyjama à motif de chauve-souris.

— Ce n'était pas ta faute, lui dit Olivia avec un regard peiné. Ne te culpabilise pas.

— Il n'y a personne d'autre à blâmer, dit Ivy. Brendan n'aurait pas dû dire que c'était sa faute. Je suis vraiment chanceuse de l'avoir, même si tante Rebecca croit le contraire.

Olivia hocha la tête en signe d'approbation.

— Il faut simplement qu'elle apprenne à mieux le connaître.

— Sauf que maintenant, elle ne le laissera plus jamais mettre les pieds sur sa propriété, se désola Ivy.

« J'ai tout gâché, se dit-elle. Je ne suis définitivement pas la fille de ma mère. »

Elle songea alors au journal de cette dernière, toujours bien enveloppé et posé sur la coiffeuse de la chambre. Elle avait le sentiment qu'elle n'était plus digne de le lire.

Lorsqu'elle se coucha sur le sol, songeant à quel point elle aurait aimé être chez elle, dans son cercueil, Ivy s'endormit et rêva d'un cheval blanc qui galopait sous le clair de lune.

Cinq jours plus tard, les filles étaient de retour à Franklin Grove depuis longtemps déjà et Chance manquait toujours à l'appel. Elles avaient téléphoné à tante Rebecca tous les jours pour avoir des nouvelles, mais rien ne semblait progresser.

Mais maintenant, il fallait qu'Olivia arrête de penser à tout ça ; dans moins d'une heure, ce serait la première représentation de *Romezog et Julietron*. Tous les acteurs étaient rassemblés en coulisses dans leurs glorieux costumes métalliques pour un discours de motivation de dernière minute.

Les extraterrestres étaient perchés sur des parties du *holodeck* tandis que les robots étaient éparpillés parmi les étranges arbres bleus que Sophia avait conçus pour les scènes extérieures. Ils étaient faits de grosses sphères de styromousse empilées les unes sur les autres. Le tout était posé sur des roues, prêt à être déplacé rapidement par l'équipe technique selon les demandes d'Ivy.

Camilla monta sur une sculpture pour s'adresser au groupe.

— Vous êtes tous extraordinaires et vous avez travaillé vraiment très fort. Notre représentation va atteindre sa propre galaxie.

Elle avait l'air d'une professionnelle, vêtue d'un ensemble noir et d'un collier de roches lunaires.

— J'aimerais offrir des félicitations toutes spéciales à Sophia Hewitt pour les costumes incroyables qu'elle a conçus et à Garrick pour tout le temps supplémentaire qu'il a consacré à mémoriser ses répliques.

Les papillons dans l'estomac d'Olivia s'étaient transformés en créatures extra-terrestres qui menaçaient de sortir de son corps et de faire une petite danse sur la table. C'était la soirée de la première, ce qui voulait dire qu'il n'y aurait plus de baisers en l'air. C'était fini. Elle avait fait de son mieux pour manigancer un premier baiser avec Jackson, mais tous deux avaient été si occupés par les répétitions qu'il avait été impossible pour eux de passer du temps seuls.

— Et n'oubliez pas : Yorg zup fandiot, dit Camilla, interrompant ses pensées.

Elle les salua, puis repartit.

— Mais qu'est-ce que ça peut bien vouloir dire ? demanda Olivia à Jackson, qui ressemblait à un véritable cyborg avec toutes ses pièces métalliques et ses fils.

Jackson haussa les épaules.

— Probablement du martien qui veut dire : « Allez et multipliez-vous. »

Olivia laissa échapper un petit rire.

— J'espère bien que non ! La dernière chose dont nous avons besoin est une série de pieuvres à la Garrick.

Elle lança un regard vers son Romezog, qui était assis sur le bout d'un lit à baldaquin argenté qui servait aux scènes se passant dans la chambre à coucher de Julietron ; il tenait sa tête dans ses mains — dans ses 10 mains pour être plus précis.

« Ça n'augure pas bien ça », se dit Olivia.

— Trente minutes avant le lever du rideau, dit Ivy, déjà en mode régisseuse.

Elle avait des cernes sous les yeux à force de s'inquiéter pour Chance.

— Les portes sont maintenant ouvertes et les spectateurs prennent place dans la salle.

Charlotte passa comme une fusée à côté d'elle, Sophia à ses trousses.

— Je ne porterai *pas* un autre oreiller !

Garrick ne releva même pas la tête.

— Donne-moi une minute, dit Olivia à Jackson en se dirigeant vers Garrick.

Elle se planta devant lui et lui dit :

— J'espère que je ne regretterai pas de te l'avoir demandé, mais qu'est-ce qu'il y a ?

— Je ne trouve pas mon poil à gratter, dit-il en fixant toujours le plancher. Sans lui, je ne pourrai jamais faire ça.

— Qu'est-ce que tu veux dire ? demanda Olivia, qui commençait à s'inquiéter.

— Ça! s'exclama-t-il en déployant ses multiples bras. Être Romezog.

Olivia sentit son cœur se briser en mille morceaux ; si Garrick refusait de monter sur scène, il n'y aurait pas de spectacle.

— Ne dis pas ça, dit Olivia. Le spectacle doit continuer.

— Je ne peux pas, pleurnicha-t-il. C'est uniquement à cause de mes démangeaisons que j'ai obtenu le rôle. Et maintenant, je n'aurai pas mon baiser.

Garrick avait l'air démoli.

— Et j'avais planifié plein de choses pour la finale aussi.

Olivia ne savait pas quoi penser de ces choses, mais elle savait qu'elle ne voulait pas annuler la représentation.

« On ne peut pas jouer *Roméo et Juliette* sans Roméo… ou Romezog », se dit-elle.

— Tu n'as pas besoin de la poudre, dit Olivia. Tu n'as qu'à le jouer. Te souvenir de la façon dont tu te sentais et faire semblant.

Garrick eut l'air confus.

— Faire semblant d'avoir des démangeaisons ?

Olivia s'efforça de ne pas le frapper à l'aide des énormes yeux pendants de son costume.

— Oui, faire semblant. Tu es supposé jouer un rôle après tout.

— Peut-être…, dit Garrick en se levant.

Jackson s'approcha d'eux au même moment.

— Merde, dit-il à Garrick.

— Assez avec la jalousie, vieux, répondit-il.

— Non, non, répliqua Jackson. C'est comme ça qu'ils disent « Bonne chance » au théâtre.

— Oh, eh bien, euh, merci, mais je ne peux pas monter sur scène, dit-il en se traînant les pieds.

— Est-ce que tu veux rire ? dit Jackson. Tu es la pieuvre extraterrestre la plus convaincante que j'aie vue sur scène.

— Absolument, ajouta Olivia, tout en espérant qu'elle sonnait convaincante.

Garrick sembla méfiant.

— Je suis sérieux, insista Jackson. Tu possèdes totalement ce rôle. Sois confiant, vieux. Sois fort !

Garrick commença à hocher la tête en signe d'approbation.

— Tu es Romezog et tu auras ta Julietron !

— Tu as raison, J.J., dit Garrick en donnant un petit coup amical sur le bras de Jackson. Je l'aurai.

Il fit un clin d'œil à Olivia et émit un petit cliquetis avec sa bouche.

— On se voit sur scène, bébé, dit Garrick en s'éloignant d'un pas enjoué.

Olivia donna une petite tape à Jackson.

— Étais-tu vraiment obligé de te servir de moi comme appât ?

— Hé, dit Jackson en s'approchant si près qu'elle arrivait à voir son reflet dans ses yeux bleus. N'importe qui ferait n'importe quoi pour obtenir un de tes baisers.

Olivia agrippa l'un des poteaux du lit derrière elle. Elle avait tenté de le coincer de tant de façons pour pouvoir l'embrasser cette semaine, mais, à chaque fois, quelque chose s'était passé pour l'en empêcher.

« Est-ce qu'il dit qu'il veut m'embrasser ? » se demanda Olivia avec espoir.

Elle n'avait plus que quelques minutes avant de monter sur scène et que Garrick soit le premier à l'embrasser.

— Je serais heureux de me faire poignarder avec une épée escamotable pour toi, dit Jackson, tout sourire, en faisant référence à sa mort dans la pièce.

Olivia lui sourit.

— Tu es une Juliette extraordinaire et une actrice merveilleuse, dit-il doucement en s'approchant davantage.

Le bruit des épées qui se heurtaient en coulisses, les plaintes de Charlotte, les décors qui se faisaient déplacer — elle n'entendait plus rien de tout ça. Est-ce que ça allait enfin arriver ?

— Et une petite amie géniale, lui chuchota-t-il.

Elle ferma les yeux et sentit son souffle sur son visage ; son cœur battait la chamade.

— Quinze minutes ! hurla Ivy, faisant sursauter Olivia.

Jackson recula d'un pas.

« Non ! se dit Olivia. Reviens ! On y était presque ! »

Puis, Garrick s'approcha en sautillant et déposa quelque chose dans sa main. Perplexe, Olivia vit une menthe enveloppée d'un papier brillant.

— C'est pour plus tard, dit-il en faisant mine de chuchoter.

Olivia avait envie de hurler, mais tout ce qu'elle pouvait faire était de serrer les dents et de contenir sa rage. Sa dernière chance d'embrasser Jackson était gâchée,

et elle ne pouvait plus éviter Garrick ; il
allait vraiment lui donner son tout premier baiser.

CHAPITRE 9

Ivy scruta le lobby du théâtre où les amis, les membres de la famille des acteurs et ce qui semblait être la totalité des filles de moins de 16 ans dans un rayon de 30 kilomètres fourmillaient.

Une fille aux couettes blondes parcourait un programme imprimé spécialement pour l'occasion.

— Comment ça se fait qu'il n'est pas Roméo? Ce n'est pas *Roméo et Juliette*?

Son amie aux cheveux noirs désigna une page.

— Ça dit ici qu'il est un genre de cyborg.

— Eh bien, répliqua Couettes blondes, je me fous que ce soit de la science-fiction ou un cours de sciences, tant que j'ai un siège dans la première rangée! Je n'ai pas acheté ce billet sur eBay pour m'asseoir derrière.

Ivy leva les yeux au ciel, mais elle dut admettre que le fait d'avoir Jackson dans la pièce avait fait en sorte que cette première production de Camilla soit la plus populaire de toute l'histoire de Franklin Grove.

Mais les seuls spectateurs qui lui importaient pour le moment n'avaient évidemment pas suivi les instructions et ils étaient en retard.

Elle regarda un peu plus loin que les filles habillées trop chic et vit une figure solitaire vêtue d'un costume noir simple, mais élégant, et d'une chemise blanche à collet mandarin, presque cachée derrière une plante en pot.

— Papa! cria Ivy.

Il regardait dans la direction opposée. Ivy n'avait que 15 minutes pour le rapatrier, trouver tante Rebecca, les amener à leurs sièges réservés *et* se rendre dans les coulisses avant que le rideau ne se lève.

— VIP numéro un trouvé, rapporta-t-elle à Sophia par le biais de ses écouteurs. VIP numéro deux introuvable.

— Bien reçu, répondit Sophia. Douze minutes.

Une tunique rouge capta soudainement l'attention d'Ivy. C'était Rebecca, et elle se trouvait de l'autre côté du corridor, tout près de la salle de bain des femmes.

Ivy se dirigea d'un pas ferme vers son père.

— Salut, papa, il ne nous reste presque plus de temps, on doit bouger, dit-elle d'un seul trait.

— D'accord, Ivy.

Il trébucha en essayant de la rattraper.

— Est-ce que tout se passe bien en coulisses ?

— Tout se déroule à merveille, confirma-t-elle. À l'exception de toi et de tante Rebecca.

Elle lui adressa un regard entendu.

— Je m'excuse…, commença-t-il.

— Pas le temps ! l'interrompit Ivy.

Ils étaient maintenant rendus de l'autre côté du corridor.

— Tante Rebecca, je suis contente de te voir ; tu es toute belle, suis-moi.

— Mon Dieu, dit Rebecca, qui avait assorti des bottes aux genoux avec sa tunique et qui portait une ceinture de cuir brun travaillée. Tu es vraiment efficace !

— Je vous ai réservé des places, expliqua Ivy en ouvrant les portes de verre.

Elle les escorta à travers la foule qui prenait place à l'arrière du théâtre et les conduisit dans l'allée centrale.

— Tu es là, dit-elle à son père, qui s'assit avec obéissance à côté de Brendan, et toi, tu es là.

— Là?

Une légère expression de malaise apparut sur le visage de tante Rebecca, et Ivy se rendit compte de son erreur. Elle aurait dû « accidentellement » leur réserver des sièges distancés ; Rebecca n'avait pas exactement une belle relation avec son père et Brendan figurait très certainement sur la liste des personnes qu'elle aimait le moins en ce moment. Mais il était trop tard maintenant ; le spectacle affichait complet et elle n'avait pas le temps de leur trouver d'autres places.

— Dix minutes, dit la voix de Sophia dans ses écouteurs.

Ivy prit alors une expression joyeuse en espérant pouvoir s'échapper le plus rapidement possible.

— Oui, ici. Les meilleures places de toutes.

— Euh, merci, répliqua Rebecca.

Elle lissa sa robe et s'assit à côté de monsieur Vega.

— Bonsoir, dit-elle sèchement.

— Bonsoir, répondit-il.

Elle ne prit même pas la peine de saluer Brendan.

— J'espère que vous aimerez le spectacle !

Ivy voulut se donner une tape derrière la tête, mais elle n'avait pas le temps pour ça. Alors qu'elle remontait rapidement l'allée, elle entendit son père aborder le sujet qu'elle aurait voulu éviter ce soir.

— Est-ce que tu as des nouvelles de Chance ? demanda-t-il.

Ivy savait qu'elle n'en avait aucune, car elle avait envoyé des messages texte à Rebecca toute la journée et toute la semaine. Ils n'avaient trouvé aucune trace de Chance. Ivy s'obligea à ne pas penser au cheval. Elle devait passer à travers le spectacle et, ensuite, elle pourrait se permettre d'y penser.

— Ivy, ma chérie ! s'exclama une voix derrière elle.

C'était la mère d'Olivia. Madame Abbott fit un câlin à Ivy, puis ce fut au tour de monsieur Abbott.

— Nous sommes si excités pour ce soir, dit madame Abbott, qui était vêtue d'une élégante robe de couleur émeraude et qui tenait une pochette de couleur argent. Olivia a travaillé tellement fort pour ce spectacle.

— Et elle nous a dit que, grâce à toi, tout avançait sans heurts, ajouta monsieur Abbott, qui était vêtu d'un élégant complet gris foncé et d'une cravate noire.

Ivy sourit.

— Merci, répondit-elle.

Les Abbott la rendaient toujours joyeuse.

— Je dois y aller ; le rideau va bientôt se lever.

— L'obstacle est le chemin, dit monsieur Abbott en s'inclinant pour la saluer.

Ivy lui rendit la pareille d'instinct, puis se précipita hors de la salle.

Olivia lança un regard furtif par l'aile côté jardin en s'assurant que les spectateurs ne puissent la voir.

Jackson était debout sur une planche placée au-dessus de Garrick et il faisait rebondir frénétiquement les yeux de son costume.

— C'est dans cet apparat qu'elle galope de nuit en nuit à travers les cerveaux des amants qui alors rêvent d'amour.

Il donnait la fameuse réplique de la reine Mab. Au début, cette dernière taquinait Roméo parce qu'il était amoureux et, ensuite, elle rageait contre la querelle extraterrestres-robots et le fait que tout le monde était obsédé par les mauvaises choses.

Tous les spectateurs, y compris monsieur Vega et ses parents, avaient les yeux fixés sur la scène et paraissaient absolument enchantés.

« Qui aurait cru que la personnalité de Mercutio servirait si bien celle d'un cyborg », se dit Olivia.

Jackson était si bon. Il mettait l'accent exactement sur les bonnes phrases pour rendre leur sens encore plus clair. Personne n'aurait pu faire un meilleur Merc-X88. Olivia le savait maintenant, mais ça ne l'empêchait pas de souhaiter qu'il ait obtenu le rôle de Roméo à la place.

Alors qu'il quittait la scène en dansant pour se rendre au festin des robots, les spectateurs se mirent à applaudir. Olivia sentit son pouls s'emballer ; il se dirigeait droit vers elle avec un sourire surexcité.

— J'espérais te croiser, chuchota-t-il en l'attirant à l'écart des autres acteurs qui quittaient la scène, vers la noirceur des rideaux.

Olivia savait qu'il y avait une courte scène montrant des valets robots avant que son tour n'arrive. Est-ce que ça lui laisserait le temps de l'embrasser?

— Ah oui? dit-elle, fixant son visage couleur argent.

— Oui, je voulais juste…

Mais la voix de Jackson s'éteignit.

— Julietron! siffla Ivy. C'est à toi Julietron, avec les Capulet!

«Juste une seconde, se dit Olivia. S'il te plaît!»

Mais Jackson reculait déjà.

— Tu es excellente, chuchota-t-il. Là, vas-y et épate-les.

Olivia n'était pas certaine que son cœur puisse supporter une nouvelle fois un «presque baiser» de la sorte. Elle savait qu'elle devait être sur scène, mais il était temps de prendre les choses en main. Elle allait tout simplement l'embrasser. C'était maintenant ou jamais.

Elle fit un pas vers l'avant.

— Olivia!

La voix d'Ivy la figea.

— C'est à toi !

— Arrgh ! dit Olivia en s'arrachant à Jackson pour se précipiter sur scène dans la mêlée de masques métalliques et d'acteurs qui s'agitaient comme des marionnettes mécaniques.

« Tout comme le destin était contre Roméo et Juliette, se dit Olivia tandis qu'elle se déplaçait au rythme retentissant de la musique synthétique, le mien est déterminé à m'empêcher d'embrasser mon petit ami. »

★ ★

Pendant chacune des pauses qui ponctuèrent le reste de la représentation, Olivia tenta de retrouver Jackson, mais elle ne réussit qu'à l'apercevoir depuis l'autre côté des coulisses tandis qu'elle devait se dépêcher à changer de costume. L'opération « Baiser de cyborg » avait échoué.

Olivia était désormais couchée au beau milieu de la scène, demeurant aussi immobile que possible tandis que Garrick s'agitait par secousses saccadées au-dessus de la tombe cryogénique dans laquelle elle se trouvait. Il récitait le tout dernier monologue de la scène dans laquelle Romezog arrivait et trouvait Julietron apparemment morte, ignorant qu'elle s'était fait injecter une solution cryogénique donnant l'apparence d'un mort.

— La mort qui a sucé le miel de ton haleine n'a pas encore eu de pouvoir sur ta beauté, disait-il.

Garrick avait impressionné Olivia ; il n'avait manqué qu'une réplique ou deux pendant tout le spectacle. Les spectateurs étaient silencieux et Olivia espérait qu'ils sentaient le point culminant de la tragédie arriver.

Avec chaque réplique que Garrick déclamait, Olivia savait que le spectacle tirait à sa fin et qu'elle devrait l'embrasser, et elle était convaincue que ce serait le moment le plus dégoûtant de toute sa vie ; elle allait devoir s'assurer de ne pas vomir devant tout le monde.

Garrick grimpa pour la rejoindre dans sa tombe et frappa accidentellement son visage avec l'un des bras de son costume. Olivia s'efforça ne pas réagir ; elle était censée être en mode défaillance de système après tout.

— Un dernier regard, mes yeux ! dit Garrick. Bras, une dernière étreinte !

En disant ces mots, il la frappa une nouvelle fois avec l'un de ses bras de pieuvre. Il se coucha près d'elle et bu un flacon d'*astrolaudanum*. Garrick avala et s'étouffa, étirant sa scène de mort pendant au moins une minute de trop avant de finalement devenir silencieux.

C'était le signal du réveil d'Olivia.

— Qu'est-ce que tout ceci? dit-elle en s'imaginant que c'était Jackson qu'elle regardait. Cette coupe qu'étreint la main de mon bien-aimé? C'est le poison, je le vois, qui a causé sa fin prématurée.

Elle étira sa main vers l'arrière de sa tête pour se débrancher et, lorsqu'elle se laissa tomber sur Garrick, elle entendit plusieurs spectateurs renifler — ils pleuraient!

Elle dû mordre l'intérieur de ses joues pour ne pas sourire largement.

«Mais, bien sûr, ils ne savent pas ce qui s'en vient», se dit Olivia.

Ce n'était effectivement pas la fin du spectacle; Camilla avait ajouté une scène qui faisait en sorte qu'Olivia n'aurait d'autre choix que d'embrasser ce garçon monstrueux.

Les lumières devinrent rouges, vertes, bleues et violettes, et le théâtre se remplit d'un bourdonnement électronique. Olivia et Garrick bondirent alors sur leurs pieds et l'audience s'exclama de surprise. Ils savaient que ce n'était pas comme ça que l'histoire de Roméo et Juliette était censée se terminer. La modification de Camilla consistait à ramener les héros à la vie pour leur donner la fin heureuse que Shakespeare leur avait reniée.

Garrick et Olivia se regardèrent et poursuivirent ; Olivia dut hausser le ton pour se faire entendre par-dessus les marmonnements qu'elle crut être ceux du désapprobateur monsieur Wagenbach.

— Parfois, le destin n'accepte pas que de bonnes personnes fassent de telles erreurs, entonna Olivia.

Il y eut alors un silence inattendu.

« Est-ce que Garrick a oublié sa réplique ? » se demanda-t-elle.

Mais Garrick se remit soudainement à parler.

— Vous me semblez si délicieuse, ma douce Julietron.

« Quoi ? »

Olivia savait que ce n'était pas ce qu'il était censé dire. Il était plutôt censé parler de la puissance de l'amour.

— Venez dans mes bras d'extrater-restre, continua Garrick.

Olivia voyait Camilla gesticuler frénéti-quement depuis les coulisses pour indiquer à Garrick de s'en tenir au script.

« Mais qu'est-ce qu'il manigance ? »

Olivia commençait à paniquer.

« Est-ce que c'est l'extra qu'il avait pla-nifié ? Ce faux Shakespeare est horrible ! »

— Le goût, ma douce Julietron, de ta chair métallique. Une seule bouchée !

« Bouchée ? »

Olivia vit alors Garrick s'approcher en arborant de faux crocs de vampire.

« Mais quand les a-t-il mis ? » se demanda-t-elle.

Il tentait de transformer le thème science-fiction de Camilla en une histoire de vampires. Olivia sauta alors en bas de la tombe pour s'éloigner de lui et poursuivit avec les répliques écrites par Camilla afin de tenter de forcer Garrick à revenir au script.

— La paix entre nos races servirait le destin.

— On se fout de la paix. Tu dois être mienne ! dit Garrick en avançant, ses 10 bras étendus vers l'avant en essayant de s'emparer d'Olivia.

Elle décida de gagner du temps en se sauvant de nouveau, mais elle savait qu'elle devait rester fidèle à son personnage et courir comme un robot. Garrick, lui, la chassait de sa démarche saccadée. Tous deux avaient l'air totalement ridicules.

Elle aurait dû savoir qu'ils ne pouvaient pas faire confiance à Garrick.

« Tu es tellement mort ! se dit Olivia. Lorsque ce fiasco sera terminé, je t'arracherai les bras un par un ! Et ensuite, Ivy, Sophia et moi te frapperont avec eux ! »

Au moment où Garrick allait l'attraper, quelqu'un s'écria :

— Regardez !

Garrick se figea.

Jackson, partiellement vêtu de son costume de Merc-X88 sauta sur scène depuis les coulisses.

— Je croyais que mon destin avait été scellé par cette ordure de Tybalt, dit-il en improvisant Shakespeare beaucoup mieux que Garrick, mais il semble que je sois maintenant devenu le chat à neuf vies.

— Tu ne peux pas m'arrêter, marmonna Garrick.

Jackson se précipita vers lui.

— Romezog, l'égoïsme t'a consumé. Tu dois être banni de Veronova.

Olivia vit Camilla pousser trois acteurs sur scène pour aider Jackson à maîtriser Garrick et à le sortir hors de la scène comme s'il se faisait arrêter. Tandis qu'il se faisait amener, il criait que Romezog serait de retour.

Lorsque le silence revint enfin, Olivia se rendit compte qu'il ne restait plus qu'elle et Jackson sur scène et qu'ils devaient trouver un moyen de terminer la pièce. Jackson tendit alors un bras vers elle et dit :

— Veuillez prendre ma main, belle Julietron.

Olivia voulut se précipiter vers lui, mais elle savait qu'elle ne pouvait pas sortir de son personnage de cette façon. Elle devrait effectuer sa marche robot pour traverser la scène.

« Mais qu'allons-nous faire lorsque j'arriverai ? se demanda Olivia. Comment pouvons-nous terminer *Romezog et Julietron* sans Romezog ? »

Enfin, Olivia le rejoignit et elle sentit son cœur battre si fort qu'il menaçait de sortir de sa poitrine. Jackson arborait la même expression que lorsqu'il l'avait attirée dans les coulisses un peu plus tôt.

— Puis-je vous embrasser? demanda Jackson.

Tout d'un coup, Olivia se rendit compte que son rêve allait finalement devenir réalité.

« Ce n'est pas exactement comment ça que je me l'étais imaginé, mais c'est quand même super romantique », se dit-elle.

Olivia dut faire preuve d'une force surhumaine pour hocher la tête comme un robot et non comme une fille totalement amoureuse.

Alors que Jackson se penchait vers elle, les lumières du théâtre s'éteignirent. Leur premier baisait se fit donc dans la noirceur la plus totale; un moment partagé par eux seuls.

Jackson pressa ses lèvres contre les siennes et Olivia ferma les yeux. C'était doux et tendre, et elle sentit un frisson la parcourir.

Après une courte pause, un tonnerre d'applaudissements se fit entendre et ils se séparèrent. Les lumières se rallumèrent et les autres acteurs, y compris Garrick, qui avait l'air grognon, se joignirent à eux sur scène pour venir saluer le public.

Olivia tenait la main de Jackson lorsqu'ils s'inclinèrent ensemble, frissonnant de bonheur. Elle savait qu'elle n'oublierait jamais son premier baiser.

CHAPITRE 10

— Bien joué, dit Ivy à Jackson alors que la troupe se précipitait dans le brouhaha des coulisses. Maintenant, je vais tuer Garrick.

— Pas si j'arrive la première, dit Olivia.

Ivy lâcha un petit rire ; Garrick n'avait aucune chance avec les jumelles à ses trousses !

— Mission accomplie, dit Sophia en s'approchant rapidement d'eux et en retirant ses écouteurs.

— Les lumières ? Est-ce que c'était toi ? demanda Olivia.

— C'était l'idée d'Ivy, moi, je n'ai qu'appuyé sur les boutons, avoua Sophia. Et je dirais qu'elle l'a eue juste à temps.

— Je voulais que vous ayez un peu d'intimité, expliqua Ivy.

— Merci, dirent Olivia et Jackson à l'unisson.

Ivy vit que sa sœur rayonnait de bonheur, et elle se demanda si c'était à cause de l'excitation de la pièce ou parce qu'elle avait enfin obtenu un baiser de Jackson. Elle se dit que c'était probablement un peu des deux.

Camilla se précipita alors dans le foyer des artistes avec un air indéchiffrable.

«Oh, oh», se dit Ivy.

Camilla avait été si sévère pendant toutes les répétitions qu'elle n'avait pas dû apprécier le chaos de la fin. Elle leur fit cependant un énorme sourire.

— C'était encore mieux que tout ce que j'aurais pu imaginer. Pourquoi n'ai-je pas pensé à faire finir Juliette avec Mercutio?

Elle fit un câlin aux deux protagonistes et dit :

— Nous allons garder cette finale pour les autres représentations, pourvu que j'arrive à tenir Garrick.

Les familles des membres de la distribution envahirent les coulisses, apportant toutes sortes de cadeaux allant de bouquets de fleurs néon à de superbes boîtes de chocolats dorées.

— Olivia! appela madame Abbott en lui envoyant la main depuis l'autre côté des rideaux. Est-ce qu'on peut venir vous rejoindre?

— Bien sûr, dit Camilla en leur faisant signe d'avancer. Votre fille est un génie!

— Nous sommes si fiers de toi, ma chérie, dit madame Abbott.

— Et, hum, Jackson, tu étais, euh, très bon aussi, dit monsieur Abbott, non sans difficulté.

Ivy vit sa sœur rougir.

Ça a dû être bizarre pour monsieur Abbott de presque voir le premier baiser de sa fille.

Ivy entendit Camilla dire à Olivia :

— Merci beaucoup de m'avoir endurée.

— C'était un spectacle génial, répliqua Olivia. Tu es vraiment une scénariste et metteure en scène extraordinaire.

— Je suis d'accord, répondit une voix familière derrière Ivy.

C'était Amy Teller. Ivy n'avait pas remarqué qu'elle était dans la foule; elle s'était probablement assise au fond de la salle.

— Tu as pris un groupe hétéroclite de personnes et, en trois semaines seulement, tu les as disciplinées et réalisé un spectacle très divertissant, dit Amy en hochant la tête avec approbation. Je vais garder un œil sur toi, jeune fille. Je suis toujours à la recherche de personnes talentueuses.

Camilla rougit et Olivia l'applaudit.

Ivy aperçut son père dans la foule, suivi de tante Rebecca. Cette dernière sourit et lui envoya la main, mais des images de Chance envahirent l'esprit d'Ivy et, tout d'un coup, elle n'eut plus du tout envie de célébrer.

— Je ne m'attendais pas à aimer cette version de science-fiction, dit monsieur Vega à Camilla, mais c'était vraiment très bien.

Camilla lui fit un large sourire.

— Merci.

— Et toi, Olivia, tu étais une Julietron merveilleuse, continua-t-il.

— Je n'aurais pas pu mieux dire, acquiesça tante Rebecca.

Ivy et Olivia s'échangèrent un regard ; c'était bien la première fois que ces deux-là se mettaient d'accord sur quoi que ce soit. Peut-être qu'ils pourraient enfin commencer à bien s'entendre ?

Ivy échappa sa fourchette et celle-ci tomba avec fracas contre son plat à moitié vide.

— Désolée, murmura-t-elle.

Elles étaient de retour au ranch, espérant secrètement avoir des nouvelles de Chance. Cela faisait maintenant une semaine qu'il s'était échappé et il n'y avait toujours aucun signe de lui. Est-ce que Chance était toujours en vie? Comment survivait-t-il aux nuits froides et comment trouverait-il de la nourriture? Tante Rebecca les avait rassurées sur le fait qu'il pouvait aisément passer une journée ou deux sans prendre de médicaments, mais c'était normalement la limite… Ivy ne pouvait pas supporter cette pensée.

«Si je n'étais pas entrée dans cette écurie aussi, rien de tout cela ne se serait produit!» se dit Ivy avec l'impression qu'elle ne pourrait jamais se le pardonner.

— Ça a été une semaine difficile, dit Rebecca pour briser le silence, mais je ne perds pas espoir.

Ivy se sentait aussi grise que le ciel. À l'extérieur, le vent soufflait comme si une tempête approchait.

Au cours du dîner, elle avait déjà eu droit à trois chœurs de «Ce n'est pas ta faute, Ivy», et il semblait qu'il ne restait plus grand-chose d'autre à dire. Olivia et Rebecca avaient prévu retourner faire un tour à cheval une fois leur salade de champignons terminée. Ivy avait engouffré une barre Vita Vamp en cachette dans la salle de bain juste avant le dîner, mais elle avait tout de même un goût un peu amer dans la bouche.

Tom et John étaient déjà sortis à l'extérieur pour poursuivre les recherches. Ivy et son père, pour leur part, ne pouvaient que rester assis et attendre. Ivy picorait sa nourriture ; elle n'aurait même pas voulu d'un steak de surlonge bien saignant aujourd'hui. Son appétit s'était perdu dans les bois avec Chance.

— Le repas était délicieux, dit monsieur Vega par politesse.

Il aurait évidemment préféré mordre à pleines dents dans un sauté de bœuf ou dans de dégoulinantes boulettes italiennes.

«Au moins, il fait des efforts pour mieux s'entendre avec Rebecca», se dit Ivy.

— Merci, répondit Rebecca.

La conversation mourut toutefois dans l'œuf; il n'y avait aucun sujet de conversation qui leur venait en tête et qui n'impliquait pas Chance.

La sonnerie du téléphone retentit soudainement, ce qui fit sursauter Ivy. Rebecca bondit de sa chaise pour saisir le téléphone sur le mur, les yeux remplis d'espoir.

— Oui, allô?

Ivy mourait d'envie entendre ce qui se disait jusqu'à ce qu'elle voie le visage de sa tante s'assombrir.

— Oui, oui, ça va. Je comprends, dit-elle en reniflant. Merci d'avoir essayé.

Lorsqu'elle raccrocha le téléphone, Rebecca s'appuya contre le comptoir de la cuisine.

— C'était Jerry Green, le shérif du comté. Il doit arrêter les recherches entreprises par son département. Ils ont fait un dernier ratissage ce matin, mais ils ne peuvent rien de plus pour nous.

Rebecca se laissa glisser le long du mur et enfouit sa tête dans ses mains.

— Il faut que j'accepte que nous ne le retrouverons pas, dit-elle d'une voix étouffée.

Ivy ne pouvait pas en supporter davantage.

«Tout ça, c'est de ma faute», se dit-elle.

— Excusez-moi, dit-elle en se levant de table.

Olivia capta son regard pour lui demander si elle voulait qu'elle accompagne, mais Ivy secoua la tête. Elle voulait être seule.

Elle se précipita alors dans les escaliers et se jeta sur le gros couvre-lit. Le carré sur lequel elle était couchée comportait une petite broderie représentant les initiales de sa mère, ce qui signifiait que c'était sans doute son couvre-lit.

«Je suis trop stupide. Pourquoi ai-je même seulement essayé de créer un lien avec Chance? Je ne suis pas ma mère. Je ne suis pas douée avec les chevaux.»

Ivy s'essuya les yeux et son maquillage noir s'étala sur le revers de sa main. Elle s'en fichait.

Elle prit son téléphone et appela Brendan, mais il ne répondit pas. Elle essaya une deuxième fois, puis abandonna et l'éteignit.

«Peut-être que si maman était ici, se dit-elle, elle saurait quoi faire.»

Puis, Ivy se rassit brusquement.

«Mais maman est ici, d'une certaine manière… », songea-t-elle.

Elle ouvrit le tiroir de la coiffeuse et en sortit le précieux journal.

«Et si jamais elle avait écrit quelque chose à propos de Chance? Les endroits où il aimait aller et où il pourrait se trouver?»

Ivy savait qu'elle avait promis de ne le regarder qu'avec sa sœur, mais Olivia comprendrait. Elle le glissa sous son bras, redescendit les marches, prit son caban noir et se dirigea à l'extérieur. L'endroit où Chance avait disparu ressemblait à un minuscule trou noir au beau milieu d'une immense forêt. Ivy savait que c'était par là qu'elle devait commencer.

— Qui a dit que je ne pouvais pas chercher à pied? dit-elle tout haut.

Elle ouvrit le journal et commença à lire tandis qu'elle marchait, sans vraiment savoir où elle allait.

«Aide-moi, maman. Aide Chance.»

Elle parcourait les pages, captant des mots ici et là, mais sans trouver beaucoup de mentions sur les chevaux, du moins dans les premières pages. Enfin, une phrase retint son attention.

Je ne comprends pas pourquoi Rebecca est si obsédée par les chevaux.

Ivy s'arrêta net ; elle n'en croyait pas ses yeux.

« Ça ne peut pas être exact ! » se dit-elle.

Sa mère était folle des chevaux. Il y avait des photos partout pour le prouver. Ivy eut beau se creuser la cervelle, elle dut se rendre à l'évidence que, dans toutes les entrées de journal qu'elle avait lues jusque-là, elle n'avait vu aucune mention de chevaux, seulement de Rebecca.

Elle continua à lire et à marcher en enjambant les racines d'arbres tordues sur son passage.

Ils sont magnifiques, mais — et je ne pourrai jamais le dire à Rebecca — ils sont effrayants. Et il y a tellement de choses dont il faut se rappeler. Je crois que je ne serai jamais une personne à chevaux. Rebecca m'a dit que les chevaux pouvaient sentir notre peur, et je crois qu'ils peuvent me sentir à des kilomètres. Ils ont toujours l'air de vouloir me fuir.

Ivy était estomaquée d'apprendre que sa mère avait le même problème qu'elle. Cette dernière n'était cependant pas un vampire, ce qui ne pouvait signifier qu'une chose : elle avait hérité de sa peur des chevaux. Ivy ne put ignorer l'étincelle d'espoir qui s'alluma tout à coup en elle. Elle avait bien quelque chose en commun avec sa mère après tout.

★ ★

Olivia frottait minutieusement son assiette, et ce, même si elle savait qu'elle était déjà très propre ; elle avait décidé d'aider Rebecca à faire la vaisselle après que Tom et John soient revenus sans nouvelles, mis à part le fait qu'ils croyaient qu'une grosse tempête approchait. Rebecca avait alors décrété qu'ils attendraient que la tempête passe avant de ressortir, histoire de s'assurer que les sentiers soient sécuritaires.

Elle s'était ensuite mise à nettoyer la vaisselle pour essayer d'oublier un peu Chance, mais elle ne pouvait penser à rien d'autre. C'était tout simplement horrible qu'une créature aussi magnifique soit perdue, seule dans les bois.

— Merci pour le dîner, dit monsieur Vega. Je vais retourner à la maison maintenant.

— Bienvenue, répondit tante Rebecca, sans aucune trace de la chaleur qu'elle démontrait lorsqu'elle parlait aux filles.

Elle était polie, comme toujours, mais ça n'allait pas plus loin que ça entre eux. Olivia fit un câlin à son bio-papa, qui se dirigea vers le bas des escaliers.

— Ivy! Descends me dire au revoir; je m'en vais.

Il n'y eut aucune réponse.

— Elle a peut-être ses écouteurs, suggéra Olivia. Je vais monter voir.

Olivia monta dans la chambre qu'elles partageaient, ouvrit la porte et... vit une chambre vide.

— Elle est partie! appela-t-elle du haut des marches. Ivy est partie!

★ 🦇 ★

Ivy était complètement absorbée par le journal de sa mère; elle le lisait aussi vite qu'elle le pouvait, ne levant les yeux que brièvement pour éviter de se faire frapper par des branches.

C'est comme tout le monde qui me dit de laisser allonger mes cheveux et de porter des robes fleuries. Pourquoi devrais-je ressembler à toutes les autres filles?

Sa mère expliquait comment elle se sentait moins belle que Rebecca, même si elles étaient presque identiques et comment, parfois, elle sentait que sa famille élargie lui préférait sa sœur.

Ivy serra le journal très fort contre son cœur.

Il y avait eu un temps où sa mère avait senti, tout comme elle, qu'elle aussi n'avait pas sa place en ce monde. Mais elle ne s'était pas laissée impressionner et elle n'avait pas changé qui elle était. Ivy sut alors qu'elle avait aussi hérité cet aspect de sa personnalité de sa mère.

Elle continua à feuilleter les pages et tomba enfin sur des entrées concernant le cheval qui attendait un bébé : Lavande.

J'ai décidé que j'aurais une tonne d'enfants quand je serais grande, disons cinq.

Le cœur d'Ivy fit un bond.

Lavande est énorme. John dit que le poulain devrait arriver d'un jour à l'autre et que je pourrai l'aider si je veux. C'est sûr que je veux ! J'espère juste que ça arrivera avant le retour en classes.

Ivy ne savait pas exactement ce qu'elle cherchait, mais elle continua à parcourir les pages. Après l'entrée sur la naissance difficile de Chance et le choix de son prénom, elle trouva un passage dans lequel il était dit qu'il aimait se faire chanter des chansons.

J'ai essayé Raindrops keep falling on my head, *mais ça n'a pas aussi bien fonctionné que* American Pie.

Ivy ne connaissait pas vraiment ces chansons, mais elle décida que, si jamais elle retrouvait Chance, elle essaierait de les lui chanter. Elle baissa alors les yeux vers son journal et vit une grosse goutte de pluie s'écraser sur la page, puis une autre, et une autre encore

«Oh, oh», se dit Ivy en comprenant qu'il commençait à pleuvoir et qu'elle n'avait aucune idée de l'endroit où elle se trouvait.

Elle referma rapidement le cahier et le glissa dans la grande poche intérieure de son caban pour éviter de le tremper.

Elle vit alors une clairière à travers les arbres et s'y précipita, les gouttes de pluie rebondissant de plus en plus régulièrement sur les feuilles à ses pieds. Puis, elle entendit un drôle de bruissement en provenance de quelque part devant elle ; on aurait dit un animal.

Ivy se figea et écouta attentivement, puis entendit un hennissement.

«Chance ?»

Ivy courut à toute vitesse à travers la clairière et vit une cabane de bois toute délabrée cachée derrière une haute clôture.

« Chance ne peut pas être là », se dit Ivy.

La clôture était presque aussi grande qu'elle, et il aurait fallu que Chance saute par-dessus pour se retrouver de l'autre côté.

Elle entendit des piétinements lourds et un ébrouement ; il y avait définitivement un cheval dans les parages. Puis, Ivy se rappela de ce que Rebecca leur avait dit : Chance était un champion de saut. Il aurait donc tout à fait pu sauter par-dessus la clôture !

Ivy se hissa alors sur cette dernière et balança sa jambe de l'autre côté, tout comme elle l'avait fait pour monter Topic. Elle sauta ensuite prudemment dans l'herbe et se précipita vers la cabane. En ouvrant la porte, Ivy voulut pleurer de joie ; c'était Chance !

— Je suis tellement désolée, Chance, dit-elle. Mais je vais te ramener à la maison, ne t'inquiète pas.

Sa longe s'était coincée dans une planche de bois brisée. Ivy remarqua alors qu'il y avait une pile de vieux foin et un baril qui servait à recueillir l'eau de pluie qui s'infiltrait par le toit ; c'était ce qui avait permis au cheval de survivre jusque-là. Personne n'avait pensé à venir le chercher ici en raison de la clôture.

Lorsqu'Ivy s'approcha pour dégager sa longe, Chance eut l'air paniqué. Il commença à se cabrer et Ivy sut qu'elle devrait absolument le calmer avant tout chose. Elle chanta alors la première chanson qui lui passa par la tête, celle que Brendan avait fait jouer pour elle sur son téléphone : *I wear my sunglasses at night.*

Ça semblait fonctionner ; Chance arrêta de donner des coups de sabots dans les airs et sa respiration ralentit. Ivy continua de chanter en s'approchant pour prendre la longe. Elle n'allait pas la lâcher cette fois.

Elle la dégagea de la planche et emmena Chance hors de la cabane, dans la pluie. Ivy ne voulait pas obliger Chance à sauter, alors elle se promena le long de la clôture jusqu'à ce qu'elle trouve une porte rouillée. Elle l'ouvrit avec un grincement et Chance la traversa.

— Mais maintenant, comment on retourne à la maison ? demanda Ivy à voix haute.

Chance semblait avoir sa petite idée là-dessus ; il tira vers la gauche. Ivy regarda dans cette direction et vit clairement la trace du sentier.

— Oui ! dit Ivy. Tu es malin, Chance.

CHAPITRE 11

— Que devrions-nous faire ? demanda Rebecca, visiblement bouleversée.

— Je crois qu'elle est partie à la recherche de Chance, dit Olivia, qui savait que sa sœur se sentait responsable et qu'elle ne pourrait pas continuer à rester là sans rien faire.

— Mais elle ne pourra pas retrouver son chemin dans ces bois ! déclara monsieur Vega. Nous devons aller la chercher.

— On ne peut pas laisser Ivy se perdre ! s'écria Olivia, l'estomac noué.

À ce moment, il y eut un gros coup de tonnerre.

— La tempête arrive, dit Rebecca. Nous devons agir rapidement.

Toc, toc.

Il y avait quelqu'un à la porte !

Olivia, Rebecca et monsieur Vega se précipitèrent dans le couloir, et Olivia ouvrit brusquement la porte. C'était Brendan ; il était mouillé et avait l'air inquiet. Ses cheveux noirs étaient plaqués contre son visage pâle et ses bottes étaient recouvertes de boue.

— J'avais deux appels manqués d'Ivy, mais, quand j'ai tenté de la rappeler, j'ai constaté que son téléphone était éteint.

Il frissonnait sur le porche.

— Son téléphone n'est jamais éteint. Je me suis dit que quelque chose n'allait pas, et j'ai demandé à mes parents de me déposer ici.

Rebecca semblait aussi orageuse que le ciel, mais elle resta muette.

Olivia était encore plus inquiète à voir l'état dans lequel il était.

— Quelque chose ne va pas, en effet, dit Olivia. Ivy a disparu.

— Entre, entre, dit monsieur Vega tandis que Rebecca demeurait silencieuse.

Brendan entra dans le couloir et s'essuya les pieds sur le paillasson.

— Je sais que je ne suis pas le bienvenu, dit-il à Rebecca, mais il fallait que je sache ce qui se passait.

— Je vais te dire ce qui se passe, répondit hargneusement Rebecca en lui bloquant le chemin dans le couloir. À cause de toi, ma nièce erre dans un bois inconnu à la recherche d'un cheval perdu et effrayé alors qu'une tempête approche. Tu n'aurais jamais dû te retrouver seul avec Ivy dans l'écurie.

Olivia fut assommée par l'explosion de Rebecca. Ils étaient tous bouleversés, mais elle n'avait aucune raison de se défouler ainsi sur Brendan.

— Rebecca, s'il te plaît, dit monsieur Vega. Brendan est un bon garçon, il est simplement inquiet.

Brendan semblait infiniment triste d'être la cause de toute cette tension.

— Bien sûr que tu le défends, s'écria Rebecca. Il est exactement comme toi.

Monsieur Vega recula d'un pas.

— Qu'est-ce que ça veut dire ?

Les yeux de Rebecca lançaient des éclairs.

— Ça veut dire qu'il éloignera Ivy de sa famille, tout comme tu l'as fait avec Susannah.

— Arrêtez ! hurla Olivia, qui n'en pouvait plus de toute cette tension.

Le visage de monsieur Vega devint pâle — encore plus que d'habitude.

— Est-ce que c'est vraiment ce que tu penses depuis toutes ces années ? Rebecca…

Mais alors qu'il faisait un pas vers elle en lui tendant la main, la maison fut secouée par un autre coup de tonnerre, et le ciel fut illuminé d'un éclair.

Brendan se retourna brusquement et courut à toute vitesse à l'extérieur.

— Ivy ! cria-t-il.

— Brendan ! cria monsieur Vega, mais il était déjà parti.

Olivia commença à courir après lui, mais monsieur Vega la saisit par les épaules.

— Toi, tu ne bouges pas. On est en état de crise. Nous avons deux jeunes dans le bois et une tempête dangereuse qui approche.

Il se retourna vers Rebecca.

— Nous devons nous concentrer sur ça, peu importe ce que tu penses de moi.

Rebecca hocha la tête sans dire un mot et Olivia se demanda si elle se rendait compte qu'elle avait quasiment expulsé Brendan dans la tempête.

— Je vais appeler le shérif, dit-elle.

Olivia se ferma les yeux alors qu'un autre coup de tonnerre se faisait entendre.

«S'il vous plaît, faites que tout se passe bien. S'il vous plaît!»

⋆ 🦇 ⋆

Ivy essayait tant bien que mal de voir à travers toute l'eau qui ruisselait sur son visage. Rien au monde n'allait la faire lâcher sa prise sur la longe de Chance, ce qui voulait dire qu'elle n'avait qu'une main libre pour s'essuyer le visage.

Ivy avait chanté le refrain de sa chanson au moins une centaine de fois, mais il lui avait permis de faire avancer progressivement Chance à travers le sentier qui se transformait peu à peu en un petit ruisseau.

Son manteau était détrempé et ses jeans aussi, tout comme la crinière de Chance. Ivy avait espéré que le sentier les ramènerait vers le ranch, mais, jusque-là, elle n'avait vu aucun signe de la maison de sa tante.

Puis, elle aperçut une vieille grange. Elle ne semblait pas avoir été utilisée récemment, mais elle consisterait tout de même en un abri acceptable d'ici à ce que la tempête se calme.

Elle emmena Chance dans le bâtiment vide en continuant de chanter. Le toit avait plusieurs fuites et le sol était mouillé, mais c'était quand même mieux que dehors. Le son de la pluie battante lui faisait penser à des cailloux qui tombaient sur le toit délabré. Ivy commença à frissonner en raison de l'humidité et du froid.

— Tu dois avoir froid toi aussi, dit-elle à Chance, qui tourna sa tête vers elle et frotta son museau contre son épaule.

Ivy fut stupéfaite ; on aurait dit que Chance venait de lui faire un câlin. Prudemment, en tenant toujours fermement la longe d'une main, Ivy passa son bras autour du grand cheval blanc.

Il y eut un coup de tonnerre et Chance se raidit, alors Ivy se mit à chanter plus fort.

— Ivy ?

Une voix étouffée, mais familière, se fit entendre à l'extérieur.

— Brendan ? répondit-elle.

— Ivy ! cria-t-il de plus près.

Chance commença alors à s'agiter.

— Attends ! N'entre pas ! appela Ivy en continuant de chanter.

— Qu'est-ce que tu veux dire ?

Il se trouvait juste de l'autre côté de la porte maintenant.

— J'ai trouvé Chance et j'ai peur qu'il s'emballe si tu entres.

— Mais, Ivy, le toit de la grange est en piteux état, dit Brendan. Il pourrait s'effondrer sous le poids de toute cette eau.

Ivy étudia les petites chutes d'eau qui passaient à travers les fêlures du toit et comprit que Brendan avait raison.

— D'accord, mais je ne laisserai pas Chance, dit Ivy. Si tu veux m'aider, tu devras chanter avec moi.

— Euh, chanter quoi ?

— Chante n'importe quoi !

— La toute petite araignée…, entonna Brendan en passant sa tête par la porte.

Il était détrempé ; ses cheveux noirs, ainsi plaqués contre sa peau pâle, ressemblaient à des milliers de couleuvres. Chance le regarda avec méfiance.

Ivy se joignit alors à Brendan et ils chantèrent ensemble :

— La pluie est tombée…

Au bout d'un moment, Chance se calma et Ivy l'emmena à l'extérieur, Brendan à ses côtés.

— La ferme est par là, dit Brendan en désignant un petit sentier qu'Ivy avait complètement raté.

— Le soleil est arrivé…

— Comment as-tu su que tu devais venir me chercher? demanda Ivy.

— Tu m'as appelé, mais, lorsque j'ai essayé de te rappeler, ton téléphone était éteint, expliqua-t-il. Je savais que quelque chose n'allait pas.

La pluie diminua un peu, mais ils continuèrent à chanter; Ivy ne voulait pas risquer de perdre Chance à nouveau. Après quelques tournants à travers le sentier, Ivy aperçut la ferme au loin. Elle vit également les gyrophares d'une voiture de police.

«Oh, oh», se dit Ivy.

Aussitôt qu'ils eurent dépassé les arbres, la porte d'entrée s'ouvrit brusquement et Olivia, monsieur Vega et Rebecca coururent pour les accueillir malgré la pluie.

— Tu les as retrouvés! cria Olivia à Brendan.

— Oh, Chance! dit Rebecca en prenant la longe des mains d'Ivy.

Monsieur Vega enveloppa ses filles dans un énorme câlin mouillé.

Le shérif, qui portait un Stetson fauve recouvert de plastique pour se protéger de la pluie, les suivit.

— Je suis heureux que tout soit revenu à l'ordre. Je vais appeler au poste, dit-il en se dirigeant vers sa voiture.

Rebecca examina Chance.

— Il est mal nourri, mais il a l'air de bien aller. Je vais le rentrer à l'écurie et appeler le vétérinaire, dit Rebecca. S'il vous plaît, allez à l'intérieur et réchauffez-vous. Je vais examiner Chance.

Olivia rentra et se précipita en haut pour chercher des serviettes et des vêtements secs pour Ivy tandis que monsieur Vega faisait du chocolat chaud. Ivy se laissa tomber sur une chaise de bois, épuisée.

— Tu ne feras plus jamais, jamais une chose comme ça, tu m'entends ? dit monsieur Vega à Ivy en lui tendant une tasse fumante. Et toi non plus, Brendan.

Peu après, Rebecca entra dans la cuisine, les bras repliés sur sa poitrine.

— Comment l'as-tu retrouvé ? demanda-t-elle.

— Je ne sais pas vraiment, répondit Ivy. Je ne faisais que me promener et je l'ai trouvé dans une cabane délabrée derrière une haute clôture. Sa longe était prise dans un morceau de bois. Mais, ce qui m'a permis de le ramener, c'est le journal de maman.

— Un journal? demanda monsieur Vega.

— Nous avons trouvé le journal de maman, expliqua Olivia tandis qu'Ivy le sortait, toujours en parfaite condition.

— Ça disait qu'elle chantait à Chance pour le calmer, alors Brendan et moi avons chanté jusqu'à notre arrivée ici.

Rebecca lança un regard vers Brendan. Elle était moins fâchée qu'auparavant, mais elle n'était toujours pas heureuse de sa présence.

Ivy prit une grande inspiration.

— Si Brendan n'était pas venu me chercher, je ne sais pas comment j'aurais fait pour retrouver mon chemin; j'étais complètement perdue. Et... ce n'est pas Brendan qui a laissé Chance s'échapper. C'est moi. Il a pris la responsabilité de mes actes pour que tu ne me détestes pas.

— Je ne pourrais jamais te détester, voyons! dit Rebecca en se précipitant vers Ivy pour lui faire un câlin.

Puis, elle rencontra enfin le regard de Brendan.

— Et il semblerait que je t'ai mal jugé. Je suis désolée, Brendan.

Ce dernier hocha la tête ; ses boucles mouillées dégouttaient encore sur sa serviette.

— Ne vous en faites pas avec ça.

— Et je te remercie aussi d'avoir ramené ma nièce et mon cheval à la maison.

C'était un peu embarrassant, mais Rebecca fit un gros câlin à Brendan.

— Est-ce que je…?

Monsieur Vega regardait fixement le journal de sa défunte femme.

Ivy regarda Olivia et sut qu'elle pensait la même chose.

— Bien sûr, dit Ivy en le poussant dans sa direction.

Ils se rassemblèrent tous autour de lui et lurent une section du journal qui expliquait à quel point Susannah aimait Chance, mais pas tout le crottin qu'elle devait nettoyer à l'écurie. Ils furent tous morts de rire lorsque Rebecca leur raconta la première fois où Susannah avait nettoyé la stalle de Chance et où elle avait glissé pour finalement tomber en plein dans le crottin.

Rebecca se retourna vers monsieur Vega.

— Je crois que je devrais m'excuser auprès de toi aussi, dit-elle en devenant soudainement plus sérieuse. Il est évident que tu aimais Susannah autant que moi, et je ne peux pas te tenir responsable de ce qui lui est arrivé.

— Je sais que tu t'ennuies d'elle, répondit-il, mais j'espère qu'Ivy et Olivia pourront te ramener un peu de bonheur, comme elles l'ont fait pour moi.

Rebecca avait les larmes aux yeux.

— Elles l'ont déjà fait. J'aurais dû te le dire il y a déjà plusieurs jours, mais merci d'être venu me retrouver.

— Je sais que c'est ce que Susannah aurait voulu, répondit monsieur Vega.

— Enfin! dit Ivy, soulagée que son père et sa tante puissent commencer à régler leurs différends.

On entendit alors un drôle de son en provenance de la poche arrière du jeans d'Olivia. Elle sortit son téléphone cellulaire et en regarda fixement l'écran.

— C'est Jackson, dit-elle doucement en se retournant pour prendre l'appel.

Ivy regarda sa sœur s'installer confortablement sur le divan et sourire tandis qu'elle parlait avec son petit ami. Olivia avait eu son premier baiser, et Ivy avait découvert qu'elle avait beaucoup en commun avec sa mère.

— À quoi penses-tu ? demanda une voix derrière elle.

Lorsqu'elle se retourna, elle vit que son père la regardait fixement.

— À quel point je suis heureuse, dit-elle en s'approchant de lui pour lui faire un câlin.

Tante Rebecca lui caressa les cheveux d'une main.

— Nous sommes tous heureux, dit-elle en regardant le père d'Ivy avec un sourire.

Par la fenêtre, Ivy vit le vétérinaire sortir de la stalle de Chance et agiter ses deux pouces dans les airs à l'intention de Tom et de John.

« On commence enfin à se sentir comme une vraie famille unie », se dit Ivy.

C'était assurément la meilleure sensation au monde.

NE MANQUEZ PAS LE TOME 8
STYLE DE STAR

À PROPOS DE L'AUTEURE

Sienna Mercer vit à Toronto, au Canada, avec ses deux chats, Calypso et Angel. Elle écrit la plupart de ses livres dans son grenier, entourée de photos prises lors de ses voyages. Elle n'a pas de jumelle, mais elle a toujours voulu en avoir une.

éditions

www.ada-inc.com
info@ada-inc.com

 www.facebook.com/EditionsAdA

 www.twitter.com/EditionsAdA